光文社文庫

シンメトリー

誉田《ほんだ》哲也

KOBUNSHA

光　文　社

目次

東京……5
過ぎた正義……51
右では殴らない……95
シンメトリー……141
左だけ見た場合……185
悪しき実……231
手紙……275
解説 友清《ともきよ》哲《さとし》……320

東京

よく晴れている。

そういえば玲子《れいこ》は、ここに雨が降っているのを見たことがない。霊園の彼方《かなた》、小高い丘の向こうに広がる空は、いつも青く澄み渡っている、そんなイメージしかない。

ということはここ何年か、木暮利充《こぐれとしみつ》の命日である二月二十七日は、ずっと晴れだったということなのだろうか。

だが、そのことを木暮景子《けいこ》に告げると、

「うそよぉ。降ったことあったわよ」

そんな答えが返ってきた。

「え、いつ?」

後ろから、その丸っこい背中に訊《き》く。

「あれは……ああ、でも玲子ちゃんがこられなかったときかもしれないわ。えーとあれは」

年のわりには派手に明るい髪の色。今日は黒のフォーマルコートを着ているため、余計にその明るさが目立つ。

「おととし？」

「あ、そうそう、あの日は降ったわよ」

そうか。ちょうど捜査が大詰めに差しかかり、どうしても張り込みを抜けられなかったあの日、確かに、雨が降っていたような記憶はある。

「ってことは、木暮さんが晴れ男なんじゃなくて、あたしが晴れ女なんだ」

景子はからからと明るく笑った。

「そうね。あの人は、どっちかっていうと雨男だったから。出会った日も、結婚した日も、死んだ日も雨だったし……」

二人の馴れ初め《なそ》は、木暮が亡くなったあと、おおよそのところを景子から聞いて知っている。

十数年前、警視庁中野警察署の生活安全課にいた木暮は、ヤクザ絡みの案件の聞き込みで、当時ホステスをしていた景子と出会った。すぐに親しくなり、二年余りの交際期間を経て結婚。子供はなかったが、仲の良い夫婦だったことは、景子の言動の端々《はしばし》から窺《うかが》えた。

「……ゴリラだかイノシシだか分かんない顔だったけど、あんなんでもね、寝顔はけっこう、可愛かったのよ」

早いもので、木暮が亡くなってもう四年になる。故人のたっての希望で儀式めいたことは一切行わないが、それでも命日の前後は墓前に花が絶えないという。そのほとんどは、生前共に仕事をした警察関係者からのものらしい。

そんな中で玲子だけは、女同士ということもあり、できるだけ景子と時間を合わせて墓参りをするようにしている。おととしのように捜査でどうにもならないときもあるが、それ以外はちょっとしたやり繰りで、たいがいどうにかなってきた。

緩やかなステップを、木暮の墓のある六区まで下りていく。向《むこう》ケ《が》丘《おか》遊園近くにあるこの霊園は新しく、そのせいか、整然としすぎたレンガ敷きの通路はどこもまったく同じに見える。玲子は二度ほど一人できてみて、見事に二度とも迷った。結局電話で、景子に何区の何番通路を、どっちに曲がって何番目、と教えてもらって、それでようやくたどり着いたのだった。

――お前、刑事失格だよ。

どこかで見ていた木暮の、そんな声を聞いた気がしたものだ。

「あっ……」

一歩前をいく景子が、ふいに声を漏らした。

その肩越しに前を覗くと、若い女が一人、近づいてくるのが見える。就職活動中のような濃紺のスーツに、地味なグレーのコート。右に手桶は持っているが、花はない。お参りを終えてきたのは明らかだった。

しかしなぜ、景子は彼女を見て、驚いたりしたのだろう。

まさか、木暮の隠し子なんてことは――。

いや、そうではなかった。近くまできて見てみれば、それはむしろ玲子の方がよく知っている人物だった。額にも、まだうっすらとあの傷が残っている。

美代子《みよこ》ちゃん――。

景子自身は、彼女と言葉を交わすでもなく、せまい通路を譲り合ってすれ違った。

玲子は、どうすべきか迷った。声をかけていいものかどうか。あっちが気づいたら、お久しぶり、くらいいおうか。元気そうね、とか、そんなふうでもいい。

ただ、あっちが気づかなかったら、こっちも知らん振りをしておこう。

果たして彼女は、玲子には目もくれず、そのまますれ違って通路を戻っていった。

思わず目で追っていたからだろう。

「……玲子ちゃん、あの娘《こ》、知ってるの？」

景子は怪訝《けげん》そうにこっちを見上げた。

「あ、うん……景子さんは？」

二人して、段を上って遠ざかる彼女に目をやる。

「私はそれこそ、おととしだったかしら……あの娘が一人でお参りしてるのを、偶然見ちゃってね。あのー、って声かけたんだけど、頭下げて、ささっと帰っちゃったから、ああ、ワケありかなぁ、くらいに思って、すませてたんだけど」

さすがは元刑事の女房だ。解釈が理に適《かな》っている。

「うん、そう。確かにワケありなんだけど、でもその話は、ちょっと長くなりそうだから、お参りがすんでから……ね？」

景子は、少し目を閉じるようにして頷《うなず》いた。


あれは六年ほど前。玲子がまだ品川署の強行犯捜査係にいて、巡査部長昇任試験の勉強に四苦八苦していた頃の出来事だ。

当時、玲子は二十五歳の巡査刑事。同じ係のデカ長（巡査部長刑事）だった木暮は五十六歳になっていた。先輩後輩というには、ちょっと年の差がありすぎるコンビだった。

「おい玲子、もうちょっとぬるめに淹《い》れろ、俺の茶は」

木暮は決して玲子のことを「姫川《ひめかわ》」とは呼ばなかった。機嫌がよければ「玲子くん」、落ち込んだときは「玲子ちゃん」。でも大体は呼び捨てにされていた。

「……すみません」

「あんま、いい嫁さんにはなれそうにねえな」

「はい。自分でもそう思います」

悔しいが本音だ。自分が結婚して、誰かのために食事を作る姿などまったく想像できなかったし、またその相手にいたっては、まあキムタクだったら釣り合いもとれるかな、くらいにしか考えていなかった。

「木暮さんの奥さんは、どんな方なんですか」

「元ホステス。色っぺえし、気は利くし、最高だぞ」

「どうやって知り合ったんですか」

「そんなこたァ教えねえよ」

まったく、喰えないオヤジだ。

だが、警察官になってまだ二年とちょっと。刑事の経験は前の盗犯係と合わせても一年未満の玲子にとって、大ベテランの木暮は、係長の大柴《おおしば》よりも課長の上杉《うえすぎ》よりも偉大な存在だった。

「いくぞ、玲子」

「はい」

所轄の強行犯捜査係が普段扱うのは、殺人にまで至らない暴力事件というのが多い。喧《けん》嘩《か》、あるいはそれが発展した形での傷害事件や、犯人の割れている殺人未遂事件。それらがなければ、あとは管内で昔に起こった殺人事件の継続捜査などだ。

木暮は何かというと玲子を外に連れ出し、デカは足を使えだとか、用がなくても店舗を覗いて話をし、自分だけの情報網を作り上げろだとか、刑事のイロハを叩き込もうとしてくれた。

「トクさん。こいつ、玲子っていうの。俺の後釜だからさ、ま、仲良くしてやってよ。……けっこう美人だろ？　あんま、気は利かねえけど」

定食屋でも寿司屋でも自動車修理工場でも、とにかく紹介して顔を売ろうとしてくれるのはいいのだが、毎度毎度「気は利かねえけど」と最後に付け加えなくてもいいだろう、とは思っていた。

「木暮さん。あたし、そんなに気が利かないですか」

「ばーか。一々くだらねえことで腹立てるんじゃねえよ。お前みたいな顔で気が利いたら、できすぎで相手は警戒しちまうだろ。見た目はこんなだけど、ヌケてるとこもあるのよ、くらいに思わせといた方がいいんだ」

口は悪かったが、木暮は玲子をよく褒めてくれた。刑事としての勘は冴えているし、事件の筋を読む目も、人を見る目も確かだ。ただちょっと、女としては気が利かない。いつもそんな評価だった。

その日も木暮と玲子は、品川署管内の居酒屋で店主と世間話をしていた。

「えっ、ホッピーって、お酒じゃないんですか？」

よく飲み屋の壁に「ホッピー」と書かれた短冊状のポスターが貼ってあるが、玲子は一度も頼んだことがなかった。

「酒じゃねえよ。コーラと同じ、炭酸入り清涼飲料水だよ」

木暮がその茶色い小瓶をラッパ飲みする。

「ほんとですかァ？」

半纏《はんてん》姿の店主は笑いながら頷いた。

「ほんとほんと、それ自体はノン・アルコールだよ。普通は五対一くらいで、それで焼酎とかを割って飲むのさ。……ま、戦後の苦しい時代、ビールの代用品として開発されたものだから、あんまり若い人は飲まないけど、最近はなに、ビールに入ってるプリン体？ホッピーにはそれが入ってなくていいってんで、健康飲料として見直されてるみたいだよ」

全然、知らなかった。

と、そんなどうでもいい話をしているときに木暮の携帯が鳴った。

「はい、もしもし」

目で玲子に頷く。どうやら相手は強行犯捜査係長、大柴警部補であるようだった。

「……はい、すぐ向かいます」

ホッピーの空瓶をテーブルに置く。

「大将、つけといて」

店主は苦笑いで「あいよ」と返した。

「いくぞ玲子」

「はい」

木暮が引き戸を開け、その後ろに続いて店を出た途端、分厚い熱気に行く手を阻《はば》まれるような錯覚に陥った。玲子は、実は夏が大の苦手なのだ。だが今は、そんな弱音を吐ける立場ではない。軽く頭を振って気を取り直し、小走りで前をいく木暮の背中を追う。

「……事件、ですか」

ハンカチで、吐き気を抑え込む。

「分からん。品川東高校の生徒が、プールのある屋上から飛び下りたそうだ。しかも水着で……少なくとも、自殺するのに適した恰好じゃあねえな」

木暮が手を上げ、タクシーを停める。今日はたまたま北品川まで足を延ばしていた。品川東高のある東品川三丁目まではかなり距離がある。というか、品川東高は署のすぐ近くなのだ。出てさえいなければ、すぐに現場入りできたのだが。

「ま、こういうこともあるさ」

そういったのを最後に木暮は、車中ではひと言も喋《しゃべ》らなくなった。

品川東高等学校は、全日制と定時制を併設する都立高校である。生徒数は八百人前後。品川区内に四つある都立高校の中で、偏差値は確か二番目か三番目。それでも玲子が通った、埼玉県旧浦和市の高校よりはかなり高い。校舎も近代的で清潔で、土ではないゴム敷きになっているグラウンドは、いかにもな都会的雰囲気を醸《かも》し出している。

「遅くなりました」

「どうもすみません」

そんなグラウンドの一角、体育施設を集めた建物の足下に、ブルーシートで囲われた小部屋はできあがっていた。周囲には数人の鑑識係員がルーペを片手に屈《かが》み込み、何か落ちていないかと地面に目を凝らしている。他にも制服警官、私服警官、合わせて二十人くらいが現場を囲んでいる。

同じ強行犯捜査係の秋葉《あきば》伸由《のぶよし》巡査長が事情を説明してくれた。

「死亡したのは栗原知世《くりはらともよ》、一年生、十五歳です。今日は水泳部の練習日で、それが終わったあとに、転落したようですね」

三人で上空を見上げる。敷地の東側に建てられた、三階建ての体育棟。その屋上の柵の向こうにも、鑑識係員の姿が見え隠れしている。

木暮は口を尖らせてブルーシートに目を向けた。

「遺体は」

「まだそこにあります」

「目撃者とか、いないの」

「夏休みなので、そもそも登校してる生徒が少なかった上に、今日はグラウンドを使う部がなかったみたいで……今のところ、落ちる瞬間の目撃情報はありません」

そこに少年係の主任、水谷彰子《みずたにあきこ》巡査部長が割り込んできた。

「それが変な話なのよ。今日は自主練で、顧問の先生もOBのコーチもいなかった、六人いた男子部員は全員先に上がった、その後に残っていたはずの女子部員四人も、栗原知世一人を残して先に上がったっていうのよ。上がったっていうか、三階に下りたって」

「何が変なんだよ」

木暮が水谷に向き直る。

「その、ホトケが自殺しようと思ってずっとチャンスを窺ってたんだとしたら、そういうふうにだってなるだろうが」

「でも、ここは学校よ？　しかもプールよ？　それが事実だとしたら、監督不行き届きもはなはだしいわ」

「学校批判はＰＴＡに任しとけ。俺たちゃこれが自殺か他殺か、他殺だったら誰が疑わしいのか、そこんとこだけ押さえときゃいいんだよ」

木暮が玲子の肩を叩くと同時に、屋上から声がかかった。

「おい木暮ェ、さっさと上がってこい」

屋上の端っこで、強行犯係長の大柴が手招きをしている。

「はァーい、今いきまァーす」

もう一度叩かれ、共に校舎の玄関に走り出す。そこでスリッパを借りて連絡通路から体育棟に入り、階段で上っていく。

通常の階段は三階でいったん終わったが、鉄製の扉の向こうに外階段があり、屋上まで上がれるようになっていた。すでにそこにはゴム製の通行帯、ドア口には立ち入り禁止のテープが張られ、見張りの地域課制服警官も立っていた。

「ご苦労さん」

「お疲れさまです」

彼は敬礼で応《こた》え、テープを上げてくれた。

そこでビニール製の靴カバーを履き、白手袋をし、現場に入る。階段を上っていくと強烈な直射日光に出くわし、また玲子は吐き気を催しそうになった。

通行帯はプールサイドにも続いていた。

「おーい、こっちこっち」

二十五メートルの向こう側に、大柴やその他の係長、捜査員が七人ほど固まっている。木暮と玲子は、遅くなったことを詫びながらその輪に加わった。

「どんな感じですか」

「まだ分かんねえな」

大柴はそこから校庭を見下ろした。倣《なら》って木暮と下を覗くと、ちょうど担架に乗せられ、毛布をかぶせられた遺体がブルーシートの小部屋から運び出されていくところだった。人形《ひとがた》のチョーク跡、その頭部はちょうど花壇の縁石にかかっている。栗原知世はそこに顔面を打ちつけたのだろうか、それとも後頭部だったのか。

鑑識係長の池田《いけだ》警部補が「そこ、しっかり足跡とれよ」と、若い係員に指示を出す。

「目撃者はいないんですか」

訊いた木暮に、大柴は顔をしかめてかぶりを振った。

「転落時、グラウンドには誰もいなかった。あそこの職員室に教員が何人かいたが……見てみろ。ここは死角になってて、仮にタイミングよく見ていたとしても、落ちていく姿だけだったろう。ま、誰も見てなかったっていってたけどな」

「誰かいってるんですか、職員室には」

「ヨシオがついてる」

強行犯係主任、中村義男《なかむらよしお》巡査部長。若いが優秀な刑事だと、木暮は彼のことも高く評価している。

「水泳部員を始め、校内にいた生徒たちには、簡単な事情聴取をする手筈になっている。いま生安（生活安全課）の何人かと市村《いちむら》、吉井《よしい》に見張らせて待機させてる」

市村と吉井も強行犯係の刑事である。ちなみに階級は二人とも巡査長だ。

木暮は辺《あた》りの町並みを見回した。

「地取り、どれくらいやりましょうかね」

地取りとは、現場周辺での徹底した聞き込み捜査を意味する。木暮がポケットから地図を出すと、大柴は「とりあえず見える範囲でいいだろう」と軽く指先で円を描いてみせた。おおよそ現場周辺のワンブロックというところだ。

「じゃあ、十人もらえますか」

「いや、それより、お前らも生徒の事情聴取に回ってくれよ。一階の三年D組とE組に集めてある。こんなことはいいたくないが……一番、臭《にお》うところだからな。三階に課長がいるから、段取り聞いて、やってくれ」

「分かりました。いくぞ玲子」

「はい」

玲子たちはきたときと同じように、鑑識係員が集中している飛び下り現場を向こうに見ながら階段に向かった。

屋上をぐるりと囲っているコンクリートの立ち上がり、その高さは七十センチほどだ。さらにその上に、縦棒の上端を横棒が繋ぐ形で柵が回っている。トップは大体、二メートルくらいになるだろうか。あそこを越えて飛び下りるとなると、かなりの覚悟が要るように思うが。

「玲子、何してんだ。いくぞ」

「あ、はい」

何してんだって、事件について考えてたに決まってんでしょう、とは思ったが口答えはせずにおいた。

刑事課長、上杉警部の提案で、一階の二つの教室を利用し、水泳部員とその他の生徒を分けて事情聴取することになった。

「特に水泳部員を担当する者は、マル対（対象者）が誰の存在を気にしているか、誰が話すのを警戒しているか、そういった点に、充分に注意を払って聴取してくれ。細かい表情の変化や、意識を向けている方向、相手……そういうことの方が、証言内容より重要になってくることも考えられるからな」

三階の空き教室で軽く打ち合わせをし、それから一階に向かった。集められた面接官は生徒数と同じ二十二名。生徒側の内訳は、水泳部男子が六名、女子が四名、美術部が男女合わせて七名、園芸部の女子が五名だ。これを捜査員がマン・ツー・マンで面接する。ちなみに園芸部員は今日は六名出てきていたのだが、第一発見者となった一人がショックで病院に運ばれてしまったため、一人減って五名ということになっている。

三年E組の教室には、すでに大きな四角を描くように机が並べられていた。内側に捜査員、外側に生徒が座る。つまり、教室の内側を向いている生徒たちは、否《いや》が応でも捜査員と話す他の生徒の姿が目に入る、つい気になる方を見てしまう、という仕組みだ。

一対一のような落ち着いた聴取は難しいだろうが、これはこれでなかなか効果的な捜査方法だと、玲子は納得していた。担当するのは、亡くなった栗原知世と同じ一年生女子部員だ。

「初めまして。品川署の、姫川玲子といいます。よろしくお願いします……じゃあまず、改めてお名前から、教えてください」

多田《ただ》美代子、一年生、十六歳。長い黒髪に、小作りな顔がとても可愛い。ちょっと下がった口角がイジけた感じに見えなくもないが、黒目がちな目はそれを補って余りあるくらいキュートだ。

でも、その顔には非常に気になるポイントがあった。

額に貼ってある、五センチ角ほどの、白いガーゼ。

「どうしたの？　そこ」

玲子が手を伸ばすと、

「あっ」

美代子は慌ててそれを両手で隠した。明らかに異常な反応だ。

——何この娘……もしかして、犯人？

まあ、そんな山勘はさて置くとしても、真正面で向き合っておきながら、額に貼ってあるものをいまさら隠そうとするのはどう考えてもおかしい。

「ねえ、どうしたの？　ニキビでも潰しちゃった？」

美代子の目は、玲子の左後ろ辺りをチロチロと見ている。その辺には確か、一つ学年が上の先輩女子部員がいるはずだ。

「よかったら、見せてくれる？　傷」

勢いよくかぶりを振る。

「あ、あの……テープ、剝《は》がすとき、痛いから」

怯《おび》えたような目。今度は別の方を見る。そっちには男子部員がいる。

「そっか。じゃあいいわ。ごめんね。でも、どうしてできた傷かはいえるよね？　治療は、保健室でしてもらったの？」

美代子は目を伏せ、消え入りそうな声でいった。

「……プールサイドで、転んじゃって……保健室で」

「保健の先生、今日はきてるの？」

「いいえ……」

「じゃあ自分で治療したの？」

「いえ……先輩が」

「先輩が、やってくれたの？　そう。いい先輩ね。なに先輩？」

頬が強張《こわば》る。誰の方も見ない。視線は下向き。

「なに先輩？」

明らかに、訊かれて困っている。

「し……シノ、さん」

「どの人？」

玲子は、周りと美代子を何度も見比べた。やがて美代子は、仕方なくといったふうに最初に目を向けた方、玲子の左後ろを指差した。

なるほど。あれが「シノさん」か。

フルネームを漢字で確認しておく。篠《しの》、和恵《かずえ》。

ショートカットの、これまたチャーミングな女の子だ。だがその表情は、とても面倒見のいい先輩といった感じではなかった。玲子の存在をどこまで意識しているかは分からないが、ひどく冷たい目つきで美代子を睨《にら》んでいる。

向き直ると、美代子はうつむいて、さっきよりもっと小さくなっていた。

「じゃあ、簡単に訊いちゃうわね。あなたは栗原知世さんが飛び下りたとき、どこにいましたか？」

「それは、さっき……」

「うん、制服着た人にいったかもしれないけど、でも、もう一度いってみて。どこだった？」

もうほとんど泣き顔。中にはこれを、友達を亡くしたことからくるショック状態と解釈する捜査員もいるのかもしれないが、玲子はまったく、そうは思わなかった。

この娘は何か知っている。しかも栗原知世の死の、かなり核心に近い部分を摑んでいて、それを隠そうとしている。おそらく額の傷も無関係ではあるまい。それに、篠和恵という二年生女子も関係しているに違いない。

「更衣室……で、着替えて……三階に、下りて……玄関」

「つまり、玄関にいたの？」

「あ、いえ……」

駄目だ。怪しすぎる。こんなガヤガヤしたところではなく、もっと一対一になれる静かなところで、ちゃんと取り調べる必要がある。

「じゃあ、もっと分かりやすい質問をするね。あなたは、栗原さんのことを、好きでしたか？」

明らかに、美代子はギクッとした。

もう答えなくてもけっこう。大嫌いだったのね。

地取り担当が戻るのを待ってから、捜査会議は開かれた。署長、副署長、各主要課長、係長も参加し、総勢三十名を超える、所轄レベルとしてはかなり大きな会議になった。

「まずこちらから、検死結果を報告する」

司会を務めるのは上杉刑事課長だ。

「直接の死因は、転落し、コンクリートの地面、及び花壇を縁取るレンガに頭部を強打したことによる、脳挫滅《ざめつ》。両手首、右肘《ひじ》、腰骨、右大腿骨を骨折しているが、すべて転落後、頭部の骨折とほぼ同時にできたものであろうと考えられる。また転落現場の、どこにどの部位が当たって骨折したのかという点については、鑑識結果と合わせて、もう少し時間をかけないと断定できない状況である。背中に擦過傷《さつかしょう》などもあるが、これも現場状況と合わせ、判断は先送りにしたい……」

他にも細かく報告されたが、つまりは単純に、転落して死亡したものであると、そういう見解だった。

「何か質問は……なければ、各報告に移る。鑑識から」

「はい」

立ち上がったのは刑事課鑑識係の内海《うつみ》巡査部長だ。あらかじめ現場の様子を描いておいたホワイトボードの前に進み出る。

「では飛び下り現場、屋上プールサイドの鑑識結果を報告します。まず、飛び下りに際してついたと思われる栗原知世の指紋ですが、現場の柵の上端、この、上の横棒に一ヶ所だけ、左手で摑んだものしか発見できませんでした」

会議室のあちこちから疑問視する声があがるが、内海はさらに続けた。

「一ヶ所といっても、人差し指から小指をプール側に向けて、上から摑んだような状態です。親指は出ませんでした。……ちょっと私にも、なぜこんな位置についたのか、不思議でなりません」

「そういう握りをしたとき、つまり体は、どういう状態だったと考えられる」

上杉の問いに、内海は大きく首を傾《かし》げた。

「強《し》いていえば、二つ考えられます。一つは、プールの方を向いて、柵に背中を預けるような状態で、下からできるだけ手を伸ばして、摑んだ状態。……ですがそれだと、飛び下りるためには、逆上がりみたいにして柵を越えなければいけなくなってしまいます。その際には持ち替えも必要でしょうし、何より左手だけというのが不自然です。親指もかかってはいませんし。……もう一つは、いきなり柵の上に座る、という状態です」

ハァ？　と聞き返したのは木暮だった。

「ええ、確かに変な話です。変ですが、そう考えざるを得ない位置なんですよ。柵の上に座るような恰好で、こう、尻の横に、普通に手をやる。まあこれが、不思議なことに一番自然な解釈です」

鑑識係長の池田が内海を指差す。

「その、尻の跡は出たのか」

「あ、いえ、それはちょっと……」

「じゃあ足跡は。足跡は出なかったのか」

「はい。これも不思議なことに、出ませんでした。指紋、掌紋が出た柵の下は、特に念入りにやりましたが、縦棒にも他に指紋は出ず、またコンクリートの立ち上がり部分にも、足跡は検出できませんでした。まあ、直前まで水に浸かっていたわけですから、皮脂が少なくなっていて、足跡が残りづらくなっていた可能性は充分に考えられますが、だからといってまったく、というのも不自然です。コンクリートの床部分には、栗原知世のものも他の部員のものも、うっすらとですが、足跡は残っていましたから」

また上杉が割って入る。

「つまり、それはどういうことだ」

内海はきつく眉をひそめた。

「つまり栗原知世は、先ほど説明した柵の上端を、プール向きに、一度だけ掴んで柵を飛び越え、転落したものと、考えられます」

あの高さの柵を、それも内側から外側にではなく、外側から内側に一度だけ掴んで飛び越えた？　そんな馬鹿なことがあるだろうか。

上杉は呆《あき》れたように、パイプ椅子にふんぞり返った。

「あるいは、何者かが彼女を抱え上げ、あの柵の上から投げ捨てた、ということは考えられるか」

「いえ……それは、私は考えづらいと思っています。コンクリートの立ち上がりからプールまでの床は、一段低くなった部分を入れても約一・二メートルの幅です。そこに並んで立てる人間は、一体何人でしょう。せいぜい二人。まあ上半身、腰、足を、それぞれ二人ずつ、計六人で抱え上げ、せーので放り投げたとしても、それであの高さの柵を越えさせることができるでしょうか。そういうことなら、栗原知世も必ず抵抗したでしょうし、それに、立ち上がり部分には、栗原知世以外の足跡も検出されませんでした。つまり放り投げたとしても、そのときは誰も、立ち上がりに足をかけなかったことになるわけです。それはそれで不自然でしょう」

会議室の誰もが頭を抱え、うな垂れた。

木暮が小さく手を挙げる。

「つまり、他殺も考えづらい、自殺も考えづらい……要するに、どういう状況で落ちたのか想像もつかない、ってわけかい」

内海が大きく頷く。

「恥ずかしながら、その通りです」

その後、転落現場の報告も続けられたが、特に鑑識から新たな見解が示されることはなかった。

「では敷鑑《しきかん》（関係者への聞き込み）、水泳部の生徒担当……じゃ水谷から」

「はい」

だが一転して、敷鑑担当からは重要な報告が相次いだ。特に水泳部員への聴取を担当した十人の報告は、部内の一種異様な人間関係を、まざまざと浮き彫りにした。

まず一点。多田美代子は、虐《いじ》められていた。

夕方聴取した女子部員は四人。一年生の多田美代子、今井多恵《いまいたえ》、西本亜紀《にしもとあき》、それと二年生の篠和恵。どうも篠和恵を中心とするグループから、多田美代子は嫌がらせを受けていたようなのである。

しかし、そうなるとあの治療は？

美代子の額にあったガーゼ、あれを貼ってくれたのは他でもない、篠和恵だ。だが一方で、確かに彼女の美代子を見る目は尋常ではなかった。この事件の根底にあるのは篠和恵の、美代子に対する恨みなのか。あるいはその逆か。でも、実際に死んだのは栗原知世――。

その疑問は、ある男子部員の証言によって解消された。

篠和恵は、男子水泳部員の木下圭介《きのしたけいすけ》のことが好きだった。だが最近、当の木下は「多田美代子のことを好きになった」とその男子部員に漏らしている。三角関係、痴情のもつれ。とりあえず、篠和恵と多田美代子の怨恨関係は成立した。だが肝心の、栗原知世の「死の原因」については分からないままだ。

その男子部員の聴取を担当した市村巡査長は続けた。

「篠和恵の家は大変な資産家らしく、彼女が金で、下級生を操《あやつ》っていたのではないか、とも彼はいっていました。で、ときどき彼は口をつぐむんですが、そういうときは大体、振り返ると、物凄い目つきで篠和恵が睨んでいましたね」

なるほど。篠和恵というのは、そういうキャラクターなのか。

上杉が訊く。

「それと、栗原知世の関係はどうなんだ」

「ええ、それなんですが、栗原知世はどっちかというと、その他の一人みたいな位置づけだったようです。木下圭介を間にはさんだ、篠和恵と多田美代子の三角関係。同学年にも拘《かか》わらず、栗原知世を始めとする三人の女子部員は、金の力で篠側についていた、という構図のようです」

さらに玲子の報告で、そのいびつな人間関係は決定的なものになっていった。

美代子は額に怪我をしている。その治療をしたのは篠だが、彼女は美代子をきつく睨みつけ、美代子もそれにひどく怯えていた。

「その傷は、なんでできたものなんだ」

「彼女自身は、プールサイドで転んだといってました。ですが私は、その傷が何か、栗原知世の飛び下りと関係しているのではないかという印象を受けました。ガーゼを剝がして見せてくれといったところ、痛いから嫌だと拒否されましたし、知世のことは好きか、篠先輩のことは好きか、と訊いたところ……好きだとは、結局彼女はいいませんでした。これまでの報告が示す通り、多田美代子は、篠和恵を中心とする女子グループに虐められていた、という見解はその通りだと思います」

その後は地取りの報告に移ったが、これといった目撃情報などは得られていないということだった。

各班の報告が終わり、議論がこう着状態に陥ると、しびれを切らしたように広報担当の副署長が声を荒らげた。

「だから、結局自殺なのか他殺なのか」

誰も答えなかった。隣にいる署長は、ただことが目の前を通り過ぎていくのを、じっと待っているかのような態度だ。

「自殺なら自殺でいいが、もし他殺だったら、本部に協力を要請しなければならない。それにもう十時だ。俺は外で待ってるマスコミに、なんていったらいいんだ」

自殺と他殺の両面から捜査、でいいでしょう、と木暮がいうと、副署長は呆れたように溜め息をついた。

「……飛び下りた状況も分かりません、自殺か他殺かも分かりません、本部の捜査一課を呼ぶべきかどうかも判断できません、部内に虐めもあったようですが、被害に遭っていたのはホトケとは違う部員みたいです……そんなことを、俺にどんな顔でいえっていうんだッ」

右斜め横にいた上杉が、ちょっと嫌そうな顔をした。

つばが、飛んできたみたいだった。

結局、警視庁本部の刑事部に現況を報告し、もう少し他殺の疑いが濃くなったら正式に協力を要請するという線で落ち着いたようだった。マスコミには木暮のいった通り、自殺と他殺の両面から捜査を進めると発表された。

翌日からは玲子たちも地取り捜査に加わり、目撃情報を求めて現場周辺を歩き回った。

正午を過ぎ、どうせ近いんだからと、署に戻って食堂で昼食をとることにした。今日のランチはカレーライス。木暮は「カレーにはしょう油」派なので、いわれる前にしょう油さしを差し出しておく。これでもけっこう気を遣《つか》っているつもりなのだが、その点はあまり褒められた記憶がない。

ちなみに玲子は何もかけない。

「……あたし、多田美代子が怪しいと思うんですけど」

しかも、木暮は「グチャグチャにかき混ぜる」派だ。

「未成年相手に滅多《めった》なことというなよ」

「未成年は人殺しをしないだなんて、今どき誰が思うんですか」

「するしないの問題じゃない。人権云々《うんぬん》が面倒だっていってんだ」

「そんなことといったら、捜査会議なんてできないじゃないですか」

「おや、今は会議中か？」

「ここは警察署内の食堂です」

「でも会議室ではない。違うか？」

玲子は「ふん」と鼻息を吹いてスプーンを口に運んだ。

「……怪しいって、どう怪しい」

やめろっていったくせに、とは思ったが、乗らずにはいられないのが玲子だった。

「なんか、怪しいです」

「額の傷を見せるのを、拒否したからか」

「……ええ、まあ」

「それでなぜ怪しいと思う」

「なんとなく、怪しいと思うんです」

木暮は苦笑いを浮かべ、食事を再開した。

「……なんとなくじゃ、駄目ですか」

「いや、いいんじゃねえの。当たってたら、大いに威張《いば》りゃいいじゃねえか」

互いにひと口ずつ頬張る。

「……でもそれじゃ、あたしの手柄になりません」

「仕方ねえだろ、地取りに回っちまったんだから。悔しかったら地取りから、多田美代子に繋がる証拠あげてパクれよ……」

木暮の方が先に食べ終え、だがその暇そうな様子を見て、玲子はあることに気づいた。

「あれ、木暮さん、タバコは？」

ああ、とその目が泳ぐ。

「……切らしてんだ」

「じゃ買ってきますよ。いつものでいいんでしょ？」

玲子が最後のひと口を食べて立とうとすると、木暮は慌てたように手で制した。

「いや、いいんだ」

「なんでですか」

「休肝日だよ」

「それはお酒を飲まない日のことでしょ」

そういえばここ数日、木暮は酒の席に顔を出していない。

「ほんとにいいんだ。マルボロも飽きたんでな、なんか違うのに替えるから……だから、いいよ」

「ああ、そうですか」

別に、玲子も木暮にタバコを吸ってほしいわけではないので、それ以上はいわなかった。

「ああ、知ってますよ。高校生の飛び下りでしょ？　でも、見てはいなかったなぁ。こっちもそんなに暇じゃないんでね」

品川東高の体育棟屋上を視認できる位置にある建物は、多くが倉庫かオフィスビルだった。周囲に民家の類《たぐい》はほとんどなく、また店舗もコンビニエンスストアが一軒あるきりで、目撃情報と呼べるようなものはまったくあがってこなかった。

おまけに、いま担当しているのは現場の東側ブロック。よほど高い建物でないと、飛び下り現場は死角になってしまってまず見えない。この運送会社事務所も、体育棟自体は見えるものの、屋上の様子はほとんど分からない位置にあった。

「その頃、他に誰か一緒にいませんでしたかね。なんか見た人、いなかったですかね」

だが、なんの気なしに玲子が振り返ると、体育棟屋上に通じる、あの外階段を上っていく人影が目に入った。

目を凝《こ》らす。長い黒髪。

多田美代子か？　直感的にそう思った。

「木暮さん」

肩を叩き、指差すと、彼も眉をひそめ目を細め、通りの向こうの体育棟を凝視した。

「誰だありゃ」

「多田美代子ですよ、ほら、おでこに絆創膏《ばんそうこう》みたいな」

「見えねえよ、そんなもの」

自慢ではないが、玲子の視力は右目も左目も二・〇だ。

「とにかくいきましょう」

「なんでだよ」

「……なんでって」

なんでだろう。でも、妙な胸騒ぎがする。

「なんか、様子、変じゃないですか」

「様子なんか見えるかァ？」

「あたしには見えるんですッ」

玲子が走り出すと、木暮も仕方なくといったふうについてきた。

階段を駆け下り、会社の建物を飛び出し、通りに出て見上げたときにはもう、美代子の姿は階段にはなかった。

「先いきますッ」

背後の木暮にいう。彼は「分かった」というふうに右手を振った。

横断歩道まではいかず、往来の激しい通りを手を挙げて渡った。何度かクラクションを鳴らされたが、そんなことにかまってはいられない。

それにしても、なんなのだろう。この胸騒ぎは——。

校門に回り、受付を駆け足で突破して連絡通路を進む。階段を三階まで駆け上ると例の鉄扉は閉まっていたが、鍵はかかっておらず、押したら簡単に開いた。

通行帯もなくなった階段を二段飛ばしで駆け上る。気づけば履いているのはパンプス、まったくの土足。やっぱりよくなかったかな、と一瞬思ったが、プールサイドまできてみると、それでよかったのだと分かった。

多田美代子は、ちょうど栗原知世が転落した辺りの柵を乗り越え、振り返るように地上を見下ろしていた。

「多田さんッ」

美代子はビクッとしてこっちに向き直ったが、すぐ泣き顔のように表情を崩した。

「こないでッ」

反射的に、玲子は足を止めてしまった。だがいったん止めてしまうと、次を踏み出すのにはかなりの勇気が要った。

「……何が、あったの」

そういって出ようとしたが、

「いいからこないで、きたら飛び下りるわよッ」

逆に決定的な台詞《せりふ》をいわせてしまった。

困った。頭の中が真っ白になって、こういうときはどうすべきだったか、どうしろと教えられていたのか、まったく思い出せなくなった。

「……虐めに、遭っていたの？」

美代子までの距離は五メートル、あるかないかだ。

「それで……飛び下りる、の？」

木暮は何をしているのだろう。

「お願いだから……」

すると、

「私が、殺したの」

そう、美代子は漏らした。

「……私が、知世を、殺したの」

そこにようやく、木暮が到着した。

「どうなってんだ、こりゃ……」

息を乱し、両手を膝《ひざ》につく。

「……自分が知世を殺した、だから飛び下りるって」

「そんなのは見りゃ分かる」

木暮が踏み出そうとすると、美代子は「いやァーッ」と叫び、片手を放して後ろに仰《の》け反《ぞ》った。

「よせッ」

「こないでッ」

だが、

「いくよッ」

木暮は負けじと怒鳴って返した。

「いくよ、いくに決まってんだろうがッ」

じり、じり、とすり足で前に出る。

「君は、いくつになった……」

美代子は依然、右手だけで柵につかまり、後ろに体重をかけている。

「十六、だったよな……俺は、五十六になった。君よりも、四十年、長く生きてる」

一メートルほど、距離が縮まった。

「……でも、まだまだ、やりたいこと、いっぱいあるよ。六十歳の、定年まで働いて、そしたらそのあとは……うちは、子供はいないけど、女房とさ、温泉旅行にいったり……二人とも、海外いったことないもんだから、ハワイでも、どこでもいいから、いってみたいねって、いってたんだ」

木暮の声は、震えていた。

「でも、もうそれも、駄目なんだ……医者に、末期ガンだって、いわれちまったよ」

えっ、と漏らしたのは、美代子だったか。それとも玲子自身だったか。

「……肺ガンだって。それももう、あっちこっちに転移してて、持ってもあと一年だって……参ったよ、ほんと」

それでも、二人の距離は少しずつ縮まってきている。

「あと数ヶ月ののちには、脳にも転移してさ、世話になった上司の顔も、この、若い相棒の顔も、女房の顔も……君の顔も、なんも見分けつかなくなってさ、死んじゃうんだ、俺……」

美代子はいつのまにか、両手で柵を握っていた。

「君には、したいことはないのか。夢や希望は、ひとつも、なんにも、ちっちゃなことでも、一個もないのか。……俺は、あるぞ。俺にはある。俺は、歩けなくなるその日まで、刑事であり続けたい。その間に、一つでも多く事件を解決したいし、できることなら、未然に防ぎたいと思ってる。死ぬかもしれない人がいるなら、その人を助けたいと思ってる」

あと、一・五メートル——。

「大した警察官人生じゃなかったよ。下から二番目の階級で、失敗も山ほどしてきて、瑕《きず》だらけで、ポンコツで、挙句《あげく》の果てに、定年まで全うできねえときた……そんなハンパな、取るに足らねえ警察官人生だけど、いや、そんなちっぽけな、下らねえ人生だからこそ、もうちょっとだけ、誰かの役に立ちてえんだよッ」

あとは、一気だった。風のように、といってあげたいところだけれど、実際はつんのめったような、不恰好なダッシュだった。

でも、美代子は飛び下りなかった。身じろぎもしなかった。

まるで木暮に手を掴まれるのを、待っているような刹那《せつな》だった。

玲子も、すぐに二人のところに向かった。

美代子に手を貸し、二人がかりで柵を越えさせた。

帰ってきた美代子を、木暮はきつく抱き締めた。

「ありがとう……いかないでくれて、ありがとう」

美代子はただ、「ごめんなさい」といって泣いた。

品川署に保護された彼女は、素直に事情聴取に応じた。

「一学期の、期末試験のちょっと前くらいに、篠さんに呼び出されて、木下先輩のこと好きなのか、訊かれました。別にっていったら、三万円渡されて、告白されても付き合わないようにって……篠さん、お金でなんでもしようとするって、噂には聞いてたけど、ほんとなんだなって……」

美代子は完全に、木暮に心を開いているようだった。言葉に淀みはなく、視線には力強ささえ窺えた。

「素直にいうこと聞いたのがよくなかったのか、木下先輩と何かあったのかは、分かりませんけど……そのあとも、何かというと、嫌がらせをされるようになりました。制服や下着を隠されたり、プールに投げられて濡らされたり……着替え中の、写真を撮られたり……体調悪くて、お腹とか痛くて、部活休もうと思っても、それをネタに、絶対に出ろっていわれたり……」

ときおり嗚咽《おえつ》がこみ上げそうにもなるが、木暮が穏やかに「それで？」と訊くと、美代子は頷いて、先を続けられるようになる。

「……昨日も、クロールですれ違ったとき、私の爪が当たって、篠さんの腕の皮膚が、えぐれたって……練習終わってから、土下座しろって、いわれました。それで、いわれた通りにしたら、後ろから知世に、もっと低くだよ、地面につけるんだよって、頭を踏まれて、それでおでこ、ずりっ、てすり剝いて……私、篠さんにならまだ分かるけど、知世は、同じ一年なのに、クラスも一緒なのに、どうしてそこまでできるの、いくらもらってんのって、思ったら……」

美代子の、膝で握った拳《こぶし》が震え始める。

「なんか、それまで溜まってたのもあって、一気にキレちゃって。うわーッて立ち上がったら、なんか、偶然、知世を肩車する感じになっちゃって……でも、それもほんの一瞬で、すぐにふわって軽くなって、振り向いたら、知世が、柵の向こうにいっちゃってて、手を伸ばす間もなく、下に……」

なるほど。そのときに左手をついたのが、あの指紋、掌紋になったわけか。

玲子が渡したハンカチを、木暮が美代子に差し出す。

「……ありがとう、ございます……でもすぐ、篠さんが、全部、なかったことにしようって……知世を転落させたことは、黙っててあげるから、虐めもなかったことにしてねって、全部、なかったことにしようねって……もし裏切ったら、裸の写真、ネットで晒《さら》すからって……私もう、どうしていいのか、分かんなくなっちゃって」

正面から、木暮は美代子の小さな肩に触れた。

「ありがとう。よく分かったよ……つらかったね。こっから先は、俺ができる限り、君がこれ以上つらくならないように、ちゃんとやるから。だから……今日はお家に帰って、ゆっくりお休み」

美代子は頷き、すみませんでしたと、改めて頭を下げた。


「……それで、どうなったの？」

向ヶ丘遊園駅近くの甘味処。景子はお汁粉、つぶし餡《あん》が苦手な玲子はいそべ焼きを食べている。

「うん。まあ、何しろ妙なケースでしょ。栗原知世の転落自体は、刑事処分でいったら、多田美代子の過失致死罪ってことになるんだろうけど、未成年だからね、むろんその対象にはならなかったし。篠和恵の恐喝にしたって、お金をとってたんならともかく、逆に払ってたわけだから……まあ、親がいろいろ必死に動いたのもあって、保護観察にもならなかったの。訓告っていうか、厳重注意でお終《しま》い……」

お汁粉に限らず、玲子はあまり甘いものを食べない。そういえば、そういうところも女らしくないと、木暮にいわれた記憶がある。

ちなみに木暮は、あの事件から二年して亡くなった。当時いっていたよりは、一年も長生きしたことになる。

「私、故郷は山形だって、いったっけ」

景子はいいながら、お新香を玲子に差し出した。彼女は徹底した甘党で、甘いものと一緒に塩っぽいものは食べない。玲子は頷いて一つつまんだ。

「……うん、聞いた」

「弟夫婦が、あっちでホテル経営してててね、楽させてやれるし、まだ働きたいっていうんなら、仕事はいくらだってあるから帰ってこいって、いってくれてるんだけど……」

湿っぽくなった空気を変えようとでもするように、景子はタバコに火を点《つ》けた。

「ほんというと、ちょっと気持ち、傾いてたとこあるの。あの人のお陰で、こっちで暮らすのに不自由はないんだけど、年のせいかしら……寂しいなって、最近やっぱり思ったりするの。でも、今みたいな話聞いちゃうとね、やっぱり東京、離れられないなって、思うのよね……」

ふーっと大きく吐き出す。マルボロの赤箱。結局木暮は、死ぬまでその銘柄を変えなかった聞いている。

「あの娘みたいに、お墓参りにきてくれる事件関係者、他にもけっこういるらしいのよ。それ考えると、余計に、お墓だけは綺麗にしておきたいって思うし、それに……あの人が命かけて、体張って、守った東京だもの。きっと今も、あの空の上から見守ってくれてるんだろうなって、思えるじゃない、ここなら。そしたらやっぱり、ね……離れられないじゃない」

玲子は、そうよ、と頷いてみせた。

「あたしだって、ここにお参りさせてもらって、それで初心に帰るようなとこ、あるもん……」

だが、墓守のためだけに東京に残れ、というのも酷な話だと、一方では思う。

景子は背もたれに仰け反り、窓から青い空を見上げた。

「いっそ貯金はたいて、飲み屋でも始めようかしら」

それいい、と玲子は手を叩いた。

そうなったら命日だけじゃなくて、しょっちゅう会いにいけるじゃない、と付け加えると、景子は涙を浮かべ、嬉しそうに笑った。

過ぎた正義

階段を下りると、駅前のロータリーはうんざりするような日差しに炙《あぶ》られていた。

客待ちであろうタクシーが二台。ガンメタリックのミニバンが一台。その前には白いTシャツに半ズボンの、初老の男性が立っている。家族を迎えに出てきた、そんな風情《ふぜい》だった。誰を待っているのだろう。奥さんだろうか。それとも、嫁《とつ》いだ娘と孫たちだろうか。

強烈な陽光に気圧《けお》され、思わず立ちすくんでいた玲子の横を、やはり初老の、品の良い身なりの女性が通り過ぎていった。彼女がはにかんだように小さく手を振ると、ミニバンの男性はそれを受けて助手席のドアを開けた。

ああ、羨ましい。玲子には駅まで迎えにきてくれる男も、一緒に年をとってくれそうな男もいない。

埼玉県川越《かわごえ》市南大塚《みなみおおつか》。玲子はこの町に住んでいるのでもなければ、勤務しているのでもない。誰かと会う約束をしているのでもない。ここから徒歩で二十分ほどの距離にある、川越少年刑務所を訪ねにきただけだから、迎えはなくて当たり前だ。一緒に年をとる男云々は、まあ、さて置くとして——。

玲子はある男に会いたいと願っている。いつかこの町を訪れるであろう彼と、偶然にでも道ですれ違えたらと思っている。

南大塚の駅から川越少年刑務所へいくには、主に二つの順路が考えられる。団地やマンションが立ち並ぶ通りを抜けるルートと、小松《こまつ》ゼノアの川越工場前を通る線路沿いのルート。まず真っ直ぐいくか、右に進むかの違いである。

玲子は十回ほど通ってみて、男なら線路沿いを通るだろうと確信するようになった。

たとえば、午後三時過ぎというこの時間に住宅街を通れば、敷地内に設けられた公園で遊ぶ子供の姿を、自転車に乗って買い物に出かける主婦の姿を、否《いや》が応でも目にすることになる。男がそれを望むだろうか。妻を失い、ある意味息子まで失ってしまった男が、そんな風景の中を歩こうとするだろうか。玲子は、それはないと思う。

その点、線路沿いの道ならば、スピードを上げて追い抜いていくパネルバンのトラックに身の危険を感じることはあっても、人の姿はほとんど見ずにすむ。その方が、男にとっては気が楽なのではないか。

そう思い至ってからは、玲子も住宅街を抜けるルートは歩かなくなった。今日もまず右手に進み、線路沿いの道を通って大きな工場を迂回して、農業地へと踏み入った。

大きく開けた空を見上げる。都会ではなかなか見られない、息を呑むような清々しい青がそこにある。初めてきたときは、こんな景色の中なら、非行少年たちも立派に更生してくれるのではないかと思ったが、こんな綺麗な空の日ばかりではないのだと、すぐに思い直した。

少年刑務所は、少年院とは違う。単なる非行ではない、刑事処分に相当すると判断された者だけが送り込まれてくる施設である。傷害致死、殺人、その他諸々。成人であれば、無期か極刑かというレベルの罪を犯している少年が大半だ。空が青いくらいで更生する気持ちになれるなら、そもそも彼らは犯罪になど走りはしなかっただろう。

碌《ろく》に歩道もない坂道を下りる。暴力的なエンジン音が背後に迫ると、思わず道の端に身を寄せて立ち止まってしまう。もうちょっと歩行者に気を遣ってよ、と思いはするが、向こうにしてみれば、こんなとこ歩いてんじゃねえよ、となるだろうか。そう、こんな道をとぼとぼ歩く物好きは、今のところ玲子しかいないのである。

バッグからミネラルウォーターのペットボトルを取り出す。こんなものでもなければ、川越少刑への道程は歩き通せない。

ひと口含み、またすぐにしまう。ついでにハンカチを取り出し、額と鼻筋にそっと当てる。化粧など、とっくの昔に汗と一緒に流れてしまっている。少刑に化粧直しをするような場所はない。するとすれば、駅に戻ってからということになるだろうか。だがその前に、男と会ってしまったらどうしよう。いや、かまわないか。別に交際を申し込むわけではないのだから。

十七、八分歩くと、雑木林の向こうにようやく団地の影が見えてくる。法務省管轄の敷地内にある職員住宅だ。

適当な通路から団地を抜け、その向こうの、少刑の高い塀に沿って歩く。塀が折れた右手にあるのが入り口だ。

受付には、知った顔の警備員が入っていた。だが、身分証の提示を省くことはできない。

「こんにちは。警視庁の姫川です」

警察手帳を開いて見せる。

平成十四年十月一日から採用された二つ折りパスケース型のそれには、身分証と記章がセットで入っている。玲子の場合、身分証写真の上には「警部補」と記載されている。所属は刑事部捜査第一課殺人犯捜査第十係。玲子はその殺人班十係の第二班、通称「姫川班」の主任を拝命している。

「ご苦労さまです」

年配の受付係員は入り口を開け、刑務官を呼んでくれた。

薄暗い玄関で一、二分待つと、やはり知った顔の刑務官が応対に出てきた。

「この暑いのに、ご苦労さまです」

玲子も会釈し、お決まりの質問を投げかけた。

「倉田《くらた》、修二《しゅうじ》さんは……」

刑務官は悲しげな顔をしてみせ、ゆるくかぶりを振った。

「いえ。一度も、お見えにはなっておりません」

「そうですか。ありがとうございました」

玲子は丁重に頭を下げ、それだけで踵《きびす》を返した。刑務官も事情を訊いたり、冷たい物でも、などと誘ったりはしない。これまで訪れた九回で、玲子がそれらの一切に応じないことを承知しているのだ。

再び炎天下に出る。また塀沿いを歩いて戻る。が、団地を抜けて駅方面には向かわない。畑に沿う道路に突き当たったら、左に折れてまた塀際を歩く。何度か、男がそうしているのを地域住民が目撃しているのだ。玲子はそれを、いつも真似てみることにしている。

四メートルほどの高さで、垂直にそそり立つコンクリートの塀。その威圧感は、成人受刑者を収容する一般刑務所のそれとなんら変わりがない。それが二百メートルか三百メートルか、延々真っ直ぐに延びている。

一辺の真ん中辺りに、一ヶ所だけクリーム色の門が設けられている。これは、どういうときに開けられるのだろう。いつも疑問に思うのだが、実際に訊いてみたことはない。だがおそらく、施設の工事をするときに業者が通るとか、そんなところだろう。

道路をはさんで向かいの畑から、中年女性が一人出てきた。手に何か持っている。玲子は道を渡り、少し足を速めてその背中を追った。

彼女は道路沿いに建つ一軒家の手前で立ち止まり、そこにある水道の水で、手にしていた何かを洗い始めた。玲子はその背後で、お辞儀を兼ねて腰を屈《かが》めた。

「恐れ入ります」

驚いた様子もなく、女は眩しそうな目をして玲子を振り返った。洗っているのはさつま芋だった。

「……はい、何か」

「つかぬことをお伺いしますが、この、少年刑務所の塀沿いを歩く、中年男性を見かけたことは、ございませんでしょうか」

玲子は塀を、往復するように指してみせた。

「さあ、どうでしょうか……」

「背は、私より少し低いくらいで、痩せ型の男性です。一人で、向こうの塀の角までいって、戻ってくると思うんですが」

道沿いに延びる塀は、その先で敷地内に折れて続いている。玲子が以前こんなふうにして聞き込んだ話では、男は敷地内にまでは立ち入らず、折り返して道路沿いを戻ってきたという。

それも一度ではない。話をしてくれたのはこの先の、別の農家の老婆だったが、月に一、二度はそんなことをしているようだと教えてくれた。残念ながら現在、その老婆は県内の私立病院に入院中だ。もう玲子の代わりに、塀の見張り役を引き受けてはくれない。

「ちょっと、分からないです。ごめんなさいね」

女は芋を洗う手を休めて頭を下げた。

無理もない。こんなトラックばかりが通り抜けに使う道を一日中眺めている人など、そう滅多にいるものではない。

「いえ、こちらこそ失礼いたしました。ありがとうございました」

玲子は塀側には戻らず、そのまま畑に沿って駅へと向かった。

少し、日が傾いたように感じられた。木陰に入ると、それなりに涼しい風を浴びることができた。蝉が、まさに今だといわんばかりの勢いで鳴いている。トラックが真横を通ると一瞬だけ鳴き止んだように感じるが、巻き上げた砂埃が流れ去るより早く、それはもとの大きさに戻って玲子を取り囲んだ。

同じ埼玉県内ではあるが町中に生まれ育ち、東京で警察官になった玲子にとって、ここの風景は古い映画でも見るような郷愁に満ちていた。

高校までは地元の学校に通った。高二の夏、玲子はある事件の被害者となった。それがきっかけで、警察官に憧れるようになった。もっと具体的にいえば、捜査一課の主任警部補というポストに憧れた。

大学は東京の、四年制の女子大に通った。大学生活を円滑に送るため、多少はサークル活動にも参加したが、その他の時間は昇任試験の勉強に費やした。そう、玲子は警察官になる前から都内の大きな書店で問題集を買い込み、一日も早く巡査部長や警部補になるため、昇任試験の勉強をしていたのだ。

その甲斐もあって、二十七歳という若さで警部補試験に合格し、直後には本部の捜査一課にも取り立てられた。あれから三年。同年代の女性と比べたら、それらしい生活というのはどこかに置き忘れてきてしまった感があるが、玲子は玲子なりに、今の生活には満足感を得ていた。一年中日焼けで真っ黒、という点以外は、ほぼ不満のない生活をしている。

同じルートをたどり、線路沿いの道まで戻ってきた。ちょうど学校を終えた高校生らしき男子が三人、玲子の前を自転車で横切っていった。

ここまで、さつま芋を洗っていた女性以外、玲子は誰とも会わなかった。小松ゼノアの通用口でアイドリングをしていたトラックにはむろん運転手が乗っていたが、その他はまったく、人間というものを見かけなかった。やはり、男が通るとしたらこのルートだろう。玲子は改めて思い、南大塚の駅に向け歩を速めた。

駅に最も近い踏切を過ぎ、右手をひと区画迂回するようにして南口を目指した。駅前のスーパーには続々と主婦が集まり始めており、夏の夕方に相応《ふさわ》しい適度な賑わいを見せていた。

ロータリーに沿って歩き、南口の軒下に入る。玲子は橋上の改札とを行き来するエレベーター側の壁にもたれ、またペットボトルの水で喉を潤した。

腕時計を見る。ちょうど四時半。あと三十分、五時まで待って会えなかったら帰ろう、そう思ったときだ。

階段の上に、整髪料で整えた黒い頭髪と、やや面長の顔が覗いた。続いてくたびれたダークグレーのスーツ。ネクタイはない。身長は百七十センチ足らず。似ている。もしやという期待に胸が鳴る。

男は決して軽やかではない足取りで下りてくる。徐々に見分けがつくようになってきた顔立ちは、玲子が何枚かの写真でイメージしていたそれとそっくり同じだった。強いていえば、肌はやや白く、頬も若干こけたように見受けられるが、それは、男が過ごしたここ数年の日々を思えば、ごく当たり前の変化であろうと察せられた。四十五歳という実年齢より、五つや六つ老けて見えるのは致し方ない。

あと五、六段。玲子はすでに確信していた。間違いない。彼こそ、倉田修二だ。

男は目線を真っ直ぐ前に据えていたが、下りきる寸前、ちらりと玲子の方に目をくれた。特に気に留めず、いったんはロータリーに視線を戻す。だが直後、男は何か不吉なものでも感じとったように足を止めた。

悟ったのだ。彼は、ここに立っている玲子が、刑事であるということを。

「……初めまして。警視庁捜査一課の、姫川と申します」

玲子は進みながら手帳を開いて見せた。

男は肩越しに、玲子の顔と身分証を見比べた。

「なんの、ご用かな」

その表情から読みとれるものは何もなかった。動揺も萎縮もない。いきなり警察手帳を見せられたことに対する驚きなど、微塵も表には出さない。

玲子も、懸命に自身の興奮を抑えた。この三ヶ月、わずかな休暇や「在庁」と呼ばれる出動待機日を利用して、足繁くここに通った。その苦労が、今ようやく報われようとしている。

だがその喜びを、決して顔に出してはならない。

「少し、お話を伺いたいと思いまして」

「だから用はなんだと訊いているんだ」

男は決して声を荒らげず、低く殺して喋った。

玲子は音をたてて手帳を閉じた。

「四ヶ月ほど前に、吾妻照夫《あづまてるお》と、大場武志《おおばたけし》が亡くなりました。そのことについてぜひ、ご意見をお伺いしたいのです」

男は玲子をじっと見つめた。

沈黙を押し潰すように、また激しく蟬たちが鳴き始めた。


東京都監察医務院。他殺と自然死の間にある、ありとあらゆる変死を扱う特殊機関。そこに、玲子の数少ない飲み友達の一人が勤務している。

ベテラン監察医、國奥定之助《くにおくさだのすけ》。定年間近の男やもめで、風貌はすでに老人といっていいほど枯れ萎《しぼ》んでいるのだが、玲子は自分でも不思議なほど、國奥と共にする時間が好きだった。

五月の初め。玲子は在庁日を利用して、國奥のいる大塚まで遊びにきていた。常勤監察医用の個室で書類仕事をしていた國奥は、老眼鏡を鼻先にずり下げて玲子を迎えた。

「おお、姫ぇ、よくきたな」

「こんにちは、先生……あ、この前のアレ、お陰で助かったわ。ありがとうございました」

この前のアレとは、感電死体の骨の一部をサンプルとして提供してもらった件である。

「いやいや、礼には及ばんさ。さて、そろそろ昼じゃな。メシにするとしようか。姫は何を食いたい」

「お寿司」

二人の食事は、順番で奢《おご》る決まりになっている。今回は國奥が持つ番だ。

「定年前の老兵にキツイことをいうのう。この前はわしが中華といったのを、ただのラーメン屋ですませたくせに」

「だからって回る所はダメよ。金寿司《きんずし》だからね、金寿司」

金寿司は、國奥が馴染《なじ》みにしている大塚の高級寿司店である。

二人は監察医務院を出て、駅前までの道を連れ立って歩いた。

「ハイーらっしゃい……お、先生に玲子ちゃん」

店の引き戸を開けると、寿司屋特有の、ひんやりと湿った空気が心地好かった。

「こんちは。大将、座敷、空いとるだろな」

ランチタイムを過ぎたからか、店内に客は一人もいない。

「先生。そんなことといわないで、今日はこっちにしなさいよ」

大将は前掛けで拭いた手で、目の前のカウンター席を勧めた。

「せっかくだからそうしましょ。ね、先生」

そっと腕をとってやる。國奥は実に嬉しそうに笑った。人間に最後まで残るのは性欲だそうだが、それを裏づけるような笑みだった。

「……そうじゃな。他に客もこんようだし」

「先生、あんた最近、ひと言余計なんだよ」

カウンター席に座り、まずは大将のお勧めをつまみでいただく。玲子も國奥も仕事中のため、冷たい生ビールで乾杯、とできないのが惜しいところだが、酒はなくとも話は弾む。それが玲子と國奥の付き合いだった。

「んん……あ、そうだ。そういえば、なんだ、姫はあれか、六年前の、女子高生三人の、監禁殺害事件のときは、あんときはまだ、捜査一課じゃなかったか」

玲子はウーロン茶をひと口飲んでから頷いた。

「……うん。六年前じゃ、まだ品川署かどっかにいた頃だと思うけど。どんなんだっけ、その監禁殺害事件って」

「ほら、最高裁では控訴を棄却されて、心神喪失で無罪が確定した、吾妻照夫の事件じゃよ」

ほら、といわれても、上手《うま》く思い出せない。

「よく分かんないけど、それがどうかしたの」

「ああ。その吾妻が、つい先月、交通事故で亡くなってな。しかもその直後に……」

國奥が口を囲ってこっちを向く。玲子は耳を貸した。

「……十五歳で強姦殺人で捕まった、大場武志もな」

体を起こして玲子から離れる。

「薬物中毒で亡くなって、ウチに運び込まれてきたんじゃよ。驚くじゃろう」

「はあ」

二つの事件をよく知らない玲子には、國奥が何に驚いているのか、今一つピンとこなかった。

「なんじゃあ、鈍いリアクションじゃのう」

「だってその事件、よく知らないもん」

「知らないもん、じゃなかろう。天下の、捜査一課の主任だろう、あんたは」

こういうことをいわれて、ムキになって反論するのが大人気《おとなげ》ないことは分かっている。が、むしろ大人気なくいようと、一々ムキになろうと、それが國奥と玲子との、暗黙のルールでもあった。

「刑事だからって、過去の事件をすべて頭に入れておく時代じゃないの。そんなものは本部に帰ってから、コンピュータのデータベースで調べればすむことなの。そのうち携帯でだってアクセスできるようになるわ。絶対に」

「色々頭に入っとって、そらんじてスラスラいえる方が、恰好いいとは思わんか」

「別に。キーボードを十本の指で叩ける方が、よっぽど恰好いいと思うわ」

國奥は、両手の人差し指二本でキーボードを操る。それはそれで、見ている分には面白くていいのだが。

「ちっ。年寄りを馬鹿にしおって」

いったんは顔をしかめ、だが國奥は気を取り直したように、先に挙げた二つの事件について語り始めた。十代で犯行に及んだ大場武志については、内緒話を交えながら進めた。

吾妻照夫。享年二十八。杉並区桃井の環状八号線路上にて、乗用車に撥ねられ、四月二日に死亡。六年前に三人の女子高生を次々と誘拐、十日から二週間にわたって監禁、暴行を続け、最終的には殺害している。裁判では精神鑑定の結果、犯行時は心神喪失状態にあ

った と診断され、無罪になっている。

大場武志、享年二十。四月十三日、江戸川区篠崎町の自宅近くの児童公園内で、遺体で発見された。死因は薬物中毒によるショック死。五年前に同じ中学に通う女子生徒を強姦、殺害。翌月には他校の女子生徒三人を強姦、一人を殺害した。犯行当時十五歳であったため、結果的には一年ほどの不定期刑に服しただけで釈放されるに至っている。

「……とまあ、罰が当たったにしちゃ、上手いこと死んだもんじゃと思ってな。大将、味噌汁」

「あら。先生は、仏は敬うけど神は信じない主義じゃなかったかしら。大将、あたしもお味噌汁ね」

「あいよ、味噌汁二丁だ」

國奥が、ペロリと一枚ガリをつまむ。

「……そう。だからいうとるんじゃ。同じように世間を騒がせ、同じように法が裁き損ねた二人が、同じように、自然死ではないが他殺でもない状態で死に至っておる。天の裁きがないのなら、一体何が裁いたのかと、つい考えたくもなるというもんじゃろう」

玲子は一つ残していたお新香巻を口に運んだ。

「ただの偶然じゃないの？　そういうことだってあるわよ。それって、先生んとこはもちろんそうでしょうけど、所轄署だって事件性はないって判断してるわけでしょう。それとも、なんか疑わしい点でもあるわけ」

「いや、何が疑わしい、というんではないが、ただ、なんとなく……うん。なんとなく、何者かの、意思のようなものが、感じられてならんのじゃよ」

「何それ。らしくないわよ、先生」

そうはいったものの、國奥の言葉は、妙に玲子の心に引っかかって残った。

何者かの意思。法が裁かなかった犯罪者を、代わって裁く意思。

まさか、時代劇じゃあるまいし。そう思った。だがすぐに思い直した。果たしてこれは、馬鹿馬鹿しいと一笑に付してよいことなのだろうか。

仮に、自分が被害者遺族だったらどうだ。そんな代理殺人を引き受ける人物が目の前に現われても、絶対に依頼しないと断言できるだろうか。あるいは逆に、玲子自身が依頼される立場になったら、何がどうあっても百パーセント断ると言い切れるだろうか。

刑事である自分が、殺人を犯す可能性。そんなことは考えるまでもない。ありだ。

下世話な喩《たと》えだが、金が絡めば分かりやすい。さすがに百万やそこらでは引き受けないが、一億ならどうだ。十億だったらどうだ。さらに事件が発覚しないという保証つきならどうだ。そもそも、大義名分は正義だ。過剰ではあるが正義には違いない。それならば、とりあえず考えるだろう。考えるということは、つまり条件次第では引き受ける可能性があるということだ。捜査一課主任の立場にある、この自分でさえ。

だが現実問題として、被害者遺族からそんな代理殺人請負人にアプローチする方法が、果たしてあるものだろうか。逆に、請負人から持ちかけるとしたらどうか。断られる可能性も考えたら、自分からというのはリスクが大きすぎはしないか——。

代理殺人を、継続的に成立させる条件とは何か。玲子は國奥と別れてからも、そんなことをぼんやりと考え続けた。


その日の夜、玲子は高井戸《たかいど》署の出動要請を受けて堀ノ内一丁目の強盗殺害事件現場に臨場した。

住宅街を舐めるように照らす赤灯が見えたところでタクシーを降りた。ハンドバッグから「捜一」の腕章を出し、左腕を通す。立ち入り禁止テープの前で手帳を開いて見せる。

「捜査一課の姫川です」

「あっ……ご、ご苦労さまです」

野次馬整理をする制服巡査の顔に緊張が走ったのは、主任警部補が女だったからか、それとも玲子が美人だからか。こういう場合、玲子は常に後者であると考えるようにしている。その方が、何かと気分がいい。

「どうぞ」

持ち上げてもらったテープをくぐる。事件現場となったのはどうやら、木造二階建てアパートの一階のようだった。

「主任、お疲れさまです」

ブルーシートで覆った窓から同じ班の部下、菊田和男《きくたかずお》巡査部長が顔を覗かせる。

「なに、もう入っていいの？」

捜査一課の刑事といえども、鑑識作業の目処《めど》がつかないうちは現場には入れない。

「ええ。大丈夫っすよ」

玲子は玄関に回り、パンプスの上からビニール製の靴カバーを履いて、事件現場となった部屋に向かった。中にはすでに同じ班のベテラン、石倉保《いしくらたもつ》巡査部長、新入りの葉山則之《はやまのりゆき》巡査長、それと機動捜査隊員四名もいた。まだ玲子の部下が一人きていない。

「コウヘイは」湯田康平《ゆだこうへい》巡査長。

「連絡はとれてるんですが、まだですね」と菊田。

玲子は荒らされた室内をざっと眺め、鑑識課員の説明を受けた。

「単純に、空き巣が居直ったんでしょうな。死因は心臓部の刺創です。凶器はナイフ状の刃物ですね。ホシは少なくとも二人連れ。窓を割って入って、物色中にマル害（被害者）が帰宅して鉢合わせしたのだと思われます。で、流し台にあったんでしょう、マル害はそれで」

鑑識課員は畳床に倒れている七十歳代男性の遺体、その手にある文化包丁を示した。

「……とっさに抵抗したと。血痕がありますから、ホシが負傷している可能性は大いに考えられますね。手口としては、中国人窃盗団のそれに酷似していますが、やや物色の手順が素人臭い。明らかに、引き出しを上から順番に開けている。慣れた者なら、下からってのが鉄則でしょう」

そう。上から引き出しを開けると、それをしまわないことには下の段が開けられない。

「はい、分かりました。じゃ菊田、地取りしようか」

「了解」

係長である今泉《いまいずみ》警部がこられそうにないというので、玲子が指揮を執って初動捜査に当たることになった。まずは地取り。現場周辺を十程度に区分けして、虱《しらみ》潰しに聞き込みをして回る。

再びテープの外に出て、辺りに散らばっている所轄捜査員を集める。

「集合ォォォーッ」

姫川班において、号令をかけるのは菊田巡査部長の役目である。なぜか。玲子では声が通らず、無理をすると声が引っくり返って恰好悪いからだ。

姫川班と機動捜査隊の警視庁本部組を前列に、高井戸署刑組課（刑事組織犯罪対策課）の捜査員を後列に並ばせる。これからは本部と所轄が二人一組になって捜査に当たる。玲子は所轄署から提供された地図を見て、捜査員たちに担当地区を割り振っていった。

「菊田、一の七から九」「了解ッ」

「石倉、一の十から十五」「了解」

「葉山は小学校内部、および周辺」「了解です」

同様に四人の機捜隊員にも地区を割り振り、玲子自身も所轄署の捜査員と聞き込みに出た。

玲子が自ら担当地区と定めたのは、環状七号線と方南《ほうなん》通りがぶつかる方南交差点付近だった。ホシが車を使って逃走したならば、ここか反対の西永福《にしえいふく》交差点に出る可能性が高い。信号が青なら普通に通り過ぎるだけだろうが、赤だったらどうか。無視してでも通過するのではないか。そこで事故でも起こせば話が早いが、そうでなくとも猛スピードで通過し、通行人の目を引くことは考えられる。訊く価値は充分にある。ちなみに反対の西永福交差点は機捜隊員の古田《ふるた》巡査部長が当たっている。

実際に足を運ぶと、深夜近くの方南交差点は期待したほど賑やかではなかった。なぜか。ここでぶらぶらするような暇人は、とっくに事件現場まで足を運んで野次馬になっているからだ。そう、事件現場からここまでは少々距離がある。

地取りの受け持ち地区は、現場に近ければ近いほど情報量が多いとされている。今回、玲子が自ら進んで遠い地区を受け持ったのは、近いところは菊田巡査部長に任せ、できることなら彼に手柄を立ててほしいと思ったからだ。

が、結果からいえば、その自ら引いた貧乏くじが逆に功を奏してしまった。交差点の一角で深夜まで営業しているドラッグストアで、事件直後に二人連れの若者が、包帯と消毒薬と大きめの絆創膏を買っていったという情報を摑んだのだ。

「監視カメラの映像って、記録されてます？」

「ええ、もちろんです」

その映像が決め手となり、この強盗殺害事件は発生後三日で被疑者の身柄を確保するというスピード解決に至った。ちなみに犯人グループは三人。いずれも未成年の日本人だった。

ちっ、ガキか。それがこの事件に対する、玲子の正直な感想だった。こんな連中は、いくら捕まえてぶち込んだところで、碌な反省もせずにまた娑婆に出てきてしまうに決まっている。そう思うと、いまさらではあるが少年法という悪法に激しい憤りを感じる。

その思いは、容易《たやす》く國奥のあの言葉に結びついた。かつて罪を犯し、だが少年法や刑法第三十九条に守られ罰を逃れた吾妻照夫と大場武志が、最近になって、同じように他殺未満ギリギリの状態で死に至った。

——天の裁きがないのなら、一体何が裁いたのかと、つい考えたくもなるというもんじゃろう。

玲子は後日、本部に戻って堀ノ内の強盗殺害事件に関する書類仕事をこなす傍ら、例の二件について調べてみようと思い立った。警視庁の六階、同じ捜査一課に属する強行犯捜査第二係に資料の閲覧を願い出る。

「デカいヤマでしたからね、全部ってなると、かなりの量になりますよ」

同期だが巡査長の堀内《ほりうち》は顔をしかめた。

「ああ、いいわよ。ほんの概要程度で」

それでも、手渡された黒表紙のファイルは吾妻事件だけで四冊、大場事件も合わせると七冊になった。

自分の席に持ち帰り、ぱらぱらとめくり始める。事件の概要は、國奥が話してくれた内容でほぼ間違いなかった。三人の女子高生を誘拐、監禁、殺害し、心神喪失で無罪となった吾妻照夫。都合四人の女子中学生を強姦し、内二人を殺害、一年少々の禁固刑で出所した大場武志。

玲子は何か、二つの事件を結ぶ共通点はないかと資料を見比べた。だが、この二件は犯行の手口も動機も、起こった場所も裁判での判決もまったく異なっていた。強いていうならば、双方とも刑が軽い。その程度の共通点しか見つからない。

あとは、両捜査本部の捜査員名簿に同じ名前が二つあるという点。つまり、両方の捜査に関わった刑事はたったの二人、ということになる。

一人は春山弘和《はるやまひろかず》。階級は玲子の一つ下の巡査部長。吾妻事件では三係の刑事として、大場事件の頃には異動して九係員として捜査に携わっている。年は確か四十とかそのくらいで、現在も九係に所属している。女性警部補である玲子に対し、ごく普通に嫌悪感を抱いており、ごく当たり前に慇懃《いんぎん》無礼な態度をとる、どうってことない刑事である。

もう一人は倉田修二警部補。吾妻事件では杉並区の荻窪署刑事課の強行犯捜査係長として、また大場事件当時は捜査一課の九係主任として捜査本部入りしている。

しかし、倉田修二。

玲子には覚えのない名前だった。ということはつまり、玲子が捜査一課入りする前にどこかに異動になり、以来捜査一課には戻ってきていない警部補ということになる。あるいは何かの事情で退職してしまったか。

仕方ない。面倒だが、あの男に話を聞いてみるしかなさそうだ。

玲子は直後の休暇を利用して、世田谷《せたがや》区にある玉川警察署に顔を出した。女子大生傷害致死事件の捜査本部に入っている春山に会うためだ。

朝の七時五十分。まださほど捜査員も集まっていない会議室の中央で、春山は机に新聞を広げて握り飯を食べていた。

「おはようございます、春山巡査部長」

にこやかに振り返った春山は、声をかけたのが玲子だと分かった途端、あからさまに眉をひそめた。

「……これはこれはお珍しい。捜査一課切っての美人警部補が、こんな辺境の帳場（捜査本部）にお見えになるとは、これはまたどういう風の吹き回しですかな」

ちなみに現在、捜査一課にいる女性警部補は玲子一人だ。

「お食事中ごめんなさいね。ちょっと春山さんに伺いたいことがあって参りました。よろしいかしら」

有無をいわさず、真ん前のパイプ椅子に腰を下ろす。

「身に余る光栄です」

とはいうものの春山は、握り飯を置きも、新聞を畳みもしない。

「早速なんだけど、あなたは六年前の女子高生誘拐殺害事件を起こした吾妻照夫と、五年前に女子中学生の強姦殺害事件を起こした大場武志が亡くなったのをご存じかしら」

「……は？」

春山は、実に普通に、驚いた顔をしてみせた。

「吾妻照夫と大場武志が亡くなったのはご存じではないですか」

「いや、初耳ですな。いま初めて伺いましたが、本当ですか」

「あなたは、両方の捜査に関わっていらっしゃいましたね」

「ええ、確かに」

「どう思いますか」

また普通に、困った顔をしてみせる。

「どう、って、そんな急にいわれても、別に……」

玲子は二人が死亡した状況を説明した。

「……監察医も所轄も、事件性はないと判断しています。どうですか、何か思うことはありませんか」

春山は馬鹿馬鹿しいといわんばかりに鼻息を吹いた。

「確かに、あの二人に科せられた刑は軽すぎた。それは私も思いますが、だからといって別に……死ぬときは、死ぬでしょう。状況も死因も、伺った限りでは共通点があるとは思えない。主任はそこに、何かあるとお考えなわけですか」

ダメだ。この男は、心底この件に興味がないと見える。意見を求めるだけ時間の無駄か。

「分かりました。ではもう一つ。二つの帳場であなたは倉田警部補と一緒になっているはずですが、覚えていらっしゃいますよね」

春山は残っていた握り飯を口に詰め込み、ペットボトルのお茶で流し込んだ。

「……そう、でしたっけ」

「吾妻事件では荻窪署の強行犯捜査係長として、大場事件では九係一班の主任として捜査に参加しています」

「ああ、そうでしたっけ。大場のときは確かに一緒でしたが、吾妻のときは……あまり、覚えがありませんな。なんせ大所帯でしたから、あのときは」

この男、やっぱりダメだ。

「そうですか。では質問を変えます。倉田さんは、どういう方でしたか」

「どうって……まあ、頭の切れる人でしたよ。とりわけ正義感の強い、尊敬できる方でしたが」

つまり、春山よりは多少期待できるというわけだ。

「三年半前に警視庁を退職されてますが、以後何か連絡をとり合ったことはありますか」

ふいに、春山の顔色が曇る。

「……いえ、ありません」

「お会いしたいんですが、連絡はとれますか」

「いや、それはちょっと……」

返事の切れがどんどん悪くなっていく。こうなると、俄然《がぜん》いわせたくなるのが刑事の性《さが》というものだ。

「春山さん。倉田さんは、なぜ警視庁を退職なさったのですか。私が調べた限りでは分からなかったのですが、その理由、春山さんならご存じですよね。同じ係の部下だったんですから」

無表情ではいるが、春山が困っているのは明らかだった。刑事という生き物は、問い詰めるプロではあるが、とぼける方は素人なのかもしれない。

「……はあ」

「いえないんですか。なぜいえないんですか」

すぐには答えなかった。だが春山とて、いつまでもとぼけ通すことができないのは分かっているはずだ。何せ玲子は警部補、春山は巡査部長だ。直属ではないにせよ、玲子が春山の上官であるのは厳然たる事実なのだ。

やがて春山は、観念したように頷いてから話し始めた。

「……実は、息子さんが、殺人事件を起こしてしまいましてね。それで倉田さんは、警察をお辞めになったんですよ」

棘《とげ》のようなものが、突如として玲子の胸を突いた。

何かある。この痛みは、玲子が事件の真相に迫ろうとしているときのサインだ。自分が自分に送る、極めて重要な暗示だ。

歩こうと言い出したのは、倉田の方だった。

やはり、彼は線路沿いの道を選んで進んだ。玲子はその背中を追いながら、自分が南大塚で彼を張るに至った経緯を話した。

倉田の頭が、小さく上下に揺れる。

「……つまり、吾妻と大場が、まるで天罰でも喰らったかのような状況で死んだ。その両方の捜査に関わっていた俺の、息子が殺人事件を起こしていた。それで興味を持ち、話を聞きたくなったと、そういうことか」

そう簡単にまとめられると、なんだか気恥ずかしい。

「ええ……おおまかには、仰《おつしや》る通りです」

倉田はつまらなそうに鼻で笑った。

「ずいぶん暇なんだな、最近の捜査一課は」

「いいえ、相変わらず忙しいです。ですからここにくるのには、休暇や在庁を利用しています」

「……今日が初めてじゃ、なかったのか」

「はい。かれこれ十回目になります」

倉田が呆れたようにかぶりを振る。

「そりゃご苦労だったな」

玲子は自らに頷いた。

「ええ。自分でもそう思います」

西武新宿線の電車が通り過ぎると、またどこからともなく蟬の鳴き声があふれてくる。

「まさかあんた、俺が司法に代わって、吾妻と大場を極刑に処したなどと、思ってるんじゃないだろうな」

頭の中で、黒い瘤《こぶ》がどくりと脈を打つようだった。まさか、倉田からそれをいってくるとは思わなかった。

「……はい。そう、思っています」

怒鳴られるのは覚悟の上だったが、倉田が意に介した様子はまるでない。

「証拠は」

「……ありません。何一つ」

「話にならんな」

「はい。自分でも、そう思います」

騒がしい蟬の声と呼応するように、玲子の中で、何かがわんわんと鳴り始めた。

「まあいい。聞かせてみろ。どうして俺が、あの二人を殺したことになるのか」

意識して、大きく深呼吸をしてみる。湯を呑むかのような熱気に噎《む》せ返る。冷静にはほど遠い自分がここにいる。

「……はい。初めは私も、二つの事件を繋ぐ何かを、なんとなく探しているにすぎませんでした。もし誰かが、二人に手を下したのだとしたら、それはつまり、過ぎた正義感であろうと、漠然と思うだけでした。ですが、あなたの息子さんが事件を起こしたと知り、さらにその経緯を知るに至り、私は悟りました。過ぎた正義という自分の心証は、半分は合っていたけれど、半分は間違っていたのだと」

倉田の息子、英樹《ひでき》は十八歳のとき、交際していた女子高生に別れ話を切り出され、逆恨みし、後日殺害している。計画的かつ残虐な犯行であるとし、東京地裁は五年以上十年以下の不定期刑を言い渡した。仮出所するにも二年半ほどかかる、少年犯罪としてはかなり重い量刑だった。

さらに、その後も事件は続く。

「……警察をお辞めになった直後、被害者の父親があなたの家に押し入り、奥様を殺害していますね」

前を歩く倉田の背中に、蝉の声が煤《すす》のようにまとわりつく。

「ああ、被害者の父親は無期だ。まだ二審で係争中だがな」

「あなたはその裁判を一度も傍聴していない。検察に証言台に立つよう要請されても断っている。なぜですか」

得体《えたい》の知れない影が、二人の周りをぐるぐると回っている。

「さあ、なぜだろうな。あんたはどう思う」

アイドリング中のトラック。工場の通用門。視界が、熱気でぐらりと揺れる。

「むろん、奥様を殺害した男を許す気持ちにはなれなかったと思います。ですが、だからといって、自分がその罪を問う立場にはないと、あなたはそう考えたのではないですか」

倉田は答えない。

「……奇《く》しくもあなたは、似たようなケースの大場事件や、精神鑑定の絡んだ吾妻事件を始め、数々の刑事事件に携わってきた。被害者遺族の痛みは、誰よりも身に染みて分かっていたはず。図らずしてあなた自身も、奥様を失うことで被害者遺族になってしまった。つまりあなたは、加害者の父親という立場より、被害者遺族の側に立つことを選んだのではないですか」

「だとしたら」

倉田は足を止め、初めて強い口調でいった。

「……だとしたら、俺が吾妻と大場を殺した理由はなんだ」

玲子は倉田の背中に答える。

「それは、後戻りしないためです。決心と言い替えてもいい。……確かに、二人の変死に事件性はないとの判断がなされています。ですが元刑事なら、どうすれば事件にならないよう、変死で留まるよう殺害できるか、そういう方法の一つや二つは思いつくはずです。……たとえば、鬱血が残らないよう腕全体で頸動脈を絞めて気絶させ、道路に投げ込めば交通事故死が成立する。あるいは、致死量を超える覚醒剤を静脈注射すれば中毒死に至る。……あなたは、純粋な正義のために吾妻と大場を殺したんじゃない。正義がまったくなかったとはいいませんが、それよりもあなたは、自分を追い詰めるために二人を殺した」

「俺が、自分を追い詰める？　なんのために」

蝉が、突如として鳴き止んだように感じた。

「……英樹くんに、ご自分の手で、罰を与えるためです。吾妻や大場と、同じように」

頭の中で、無数の蠅が渦を巻いて飛び回っているようだった。もはや外界の騒がしさは何一つ感知できず、すべての騒音は玲子の中で鳴り響いていた。狂気。それはどこでもない、玲子の中にこそ存在する。

「なぜ、そう思う」

倉田の声だけが静かに響く。

「私も、最初からそう思っていたわけではありません。ここに通ううちに、回を重ねるごとに、徐々に思うようになってきたんです。……あなたは、何度もこの町を訪れているにも拘わらず、一度も英樹くんとは面会していない。面会をせず、ただ塀の外をひたすら歩いている。それは、一度でも会ってしまったら、彼を許してしまうからではないですか。会って英樹くんの中に更生の兆しを見たら、自らの手で罰するという決心が鈍ってしまうからではないですか」

ダークグレーの背中が通りを左に折れる。いつのまにか、雑木林の向こうに団地が見えるところまできていた。

「あんた、同僚には嫌われるタイプだろう」

ふいに、首筋の汗が不快な冷たさを帯びた。覗き見していたはずが、逆に同じ穴から覗き込まれていた。そんな、焦《あせ》りにも似た不快感を覚える。

「……はい。同僚に限らず、上にも下にも、敵は多いです」

「だろうな。俺だって同じ時期にいたら、目障《めざわ》りに思っただろう。そんな、碌に証拠もないものを、見込みだけで突っ走りやがって。……それで答えがはずれていればただの笑い者だが、当たっているから始末に負えん」

倉田が振り返った。口元には、かすかな笑みが浮かんでいる。

「……人間、暇になると、よくないことばかり考えるもんでな」

すぐに踵《きびす》を返し、また少刑へと歩き始める。

「退職したあとの俺がそうだった。息子は家裁から検察に逆送され、妻は復讐のために殺された。誰もいない家に、一人でいるのはつらいものだ。家族の残り香が、俺にはひどく堪えた……」

記憶を追い払うようにかぶりを振る。

「だからといって、他にいくべき場所もない。知らないんだ、暇の潰し方を。刑事という生き方しかしてこなかったからな。……結局、またデカの真似事みたいなことを始めた。馬鹿馬鹿しいと思いながらもな。

それで、吾妻の行方《ゆくえ》を追ってみたんだ。奴は案外真面目に、町工場で働いてたよ。精神鑑定で、二度にわたって心神喪失を勝ちとった男が、鉄板に穴を開けていた。根気よく、正確に、ときには笑みを浮かべて、仲間と言葉を交わしながらだ。

とんでもない疑念が湧いたよ。精神鑑定でのあれは、すべて芝居だったんじゃないか、ってな。ずいぶん歩き回って、俺は一つ、だが大きな情報を摑んだ。奴は事件が発覚してから逮捕されるまでの八ヶ月間、わざわざ隣の区の図書館に通って、精神疾患の勉強をしていたんだ。……あれは、詐病だった。奴は、司法精神鑑定を芝居で乗りきったんだ」

くたびれたスーツの肘に、力がこもるのが分かった。ポケットの拳の、石のような硬さを思う。

「他にもいくつか、現役時代に手掛けた事件の、その後を追った。立派に更生してる人間だってもちろんいたさ。だがそのほとんどは、犯罪者未満といおうか、警察沙汰にはならないけれど、根本的には変わっていない輩《やから》が多かった。

大場がそうだった。奴は、表面は更生したように振る舞っていた。だが違った。妹だ。奴は実の妹を、毎晩犯していた。しかも親は、それを知っていながら見て見ぬ振りだ。

……怖かったんだろう。なにせ、実の息子とはいえ、二人殺している殺人犯だからな。……とまあ、そんな事情だったわけだが、俺があの二人をどうしたかはいわんでおく。今から調べられて、下手に証拠でも出てきたらかなわんからな。ただ、あんたが考えるほど簡単じゃない、とだけはいっておこうか」

少刑の高い塀沿いにきた。強い西日が二人の右肩を燻《いぶ》す。玲子は思わず、ハンカチを持った手で廂《ひさし》をつくった。

「つまり、二人を殺害したのは、あくまでも正義に基づいてであると……？」

倉田が一つ咳払いをする。痩せた背中がかすかに波打つ。

「正義？　馬鹿をいうな。殺しに正義も糞もあるか。あるのは選択だ。殺すという方法をとるのか、とらないのか、ただそれだけだ」

「……選択？」

クリーム色の門のところまできて、倉田は立ち止まった。

「つまり、人が人を殺す理由と、殺そうとする気持ちは、まったく別のところにあるということだ。人を殺すに値する理由など、この世には一つもない。逆にいえば、どんな些細な理由でも人は人を殺すということだ。そこにあるのはたった一つ、選択する機会にすぎん。

吾妻と大場に関していえば、二人の状況を改善させる方法は他にもあったのかもしれんが、俺は殺すことを選んだ。そういうことだ。

英樹にしてもそうだ。別れ話なんてものは、世の中には掃いて捨てるほど転がっている。だが奴は殺すことを選んだ。……そして人の死は、死をもってしかあがなえない。金を借りたら、利子をつけて返すのが礼儀だろう。だが奪ったのが命では、そうはいかない。だからせめて元本は返せ。自分の命で返せ。そういうことだ。

俺は親として、それくらいのことは分かるように育ててきたつもりだった。だが実際は、そんな簡単なことすら、息子には伝わっていなかった。そして事件は起こった。ならば、俺がとるべき方法は一つだろう」

門を見つめる。この向こうにいるはずの息子を、透かし見るかのように。

「どうしてもご自分の手で、英樹くんを罰するおつもりですか」

倉田は玲子に向き直り、渇きを癒そうとするように唇を舐めた。

「面会しないのは、あんたがいったように、決心が鈍るのが怖いからだ。だが、英樹をこの手で罰しようとするのは、遺族に詫びたいだとか、そんな理由じゃない。……人はな、一度殺してしまったら、もうダメなんだ。自分の手を汚してみて、それがよく分かった。再犯の可能性が高いかどうかは断言できん。だが殺意は、膨れたまま心に残る。一つの大きな選択肢として、魂の中に居座り続ける。そんな、心に爆弾を抱えた息子を、俺は世に放つことはできん。それが俺の、元刑事としての、最後の理性だ」

倉田が、ここまで心の内を語るとは思っていなかった。だが、彼がどんなに言葉を重ねようと、玲子の中にあったイメージはいささかも変わらなかった。

息子と妻を失った倉田。吾妻と大場を殺し、その経験を踏まえて、英樹に挑もうとする倉田。やはり、彼の中に最後まで残っているのは、長年刑事として心に抱き続けてきた正義ではないのか。過ぎた正義は息子に向かい、やがて最後には——。

「倉田さん。私には、吾妻と大場の件を立件する自信がありません。ですが、英樹くんは、守りたいと思います」

ビールケースを山のように積んだトラックが、二人の横を通り過ぎていく。現実の時間が流れていることに、不思議な安堵を覚える。

「……宣戦布告か」

玲子は頷いた。

「はい。殺人が、あえて選ぶものであるというのは、分かる気がします。ですが、殺意が危険なのは、それを犯してしまった人間に限ったことではないんじゃないですか。……殺意なんて、誰の中にだってあるでしょう。私にだってあります。でも大半の人間は、それを抑えて生きているんじゃないんですか。少なくとも、私はそうです。……私だって、殺人犯なんて捕まえたらさっさと殺した方がいいと思ってます。その意味で、倉田さんのなさったことを否定する気持ちはありません。だからこそ、逆に私は刑事であり続けたいと思います。刑事として、私はあなたとは違う結論を見つけたい」

倉田は何もいわなかった。道の向こうの畑を見やり、ポケットから潰れたタバコのパッケージを取り出した。最後の一本を銜《くわ》え、包みを捻り潰す。

「英樹くんは、私が守ります。英樹くんを守ることで、私は同時にあなたも守りたい。それが私の、現役刑事としての、理性です」

倉田が深く吐き出す。語られなかった言葉が、紫煙の中に漂っては消えていくようだった。一緒に、彼の決意も薄れてくれたらと思うが、それは楽観が過ぎるというものだろう。

やがて倉田は、何かを呑み込むように頷いた。

「……そうか。だったらこい。英樹は来月、九月十日に仮出所する予定だ。捜査一課主任の激務の合間を縫って、あんたに英樹を守ることができるならな」

ちょうどそのとき、バッグのポケットで携帯が震えた。取り出すと、ディスプレイには「係長直通」と出ていた。

「はい、姫川」

倉田が、玲子の横をゆっくりと歩いていく。すれ違いざま、その口は「じゃあな」とか「またな」とか、そんなふうに動いたように見えた。

『今泉だ。中野で暴力団同士の発砲事件が起こった。三名負傷して、うち一名が死亡した。所轄は中野署だ。すでに組対（組織犯罪対策部）四課の三係が向かっている。お前、今どこだ』

マズい。埼玉という響きは印象がよくない。

「あ、あの……大塚、ですけど」

いいながら玲子は、倉田を追いかけるように走り始めた。

『そうか。じゃあ四十分以内にはいけるな』

それは絶対に無理だ。まず間違いなく一時間半はかかる。だが、

「可能です」

とりあえず、今はそういっておく。言い訳は電車の中で考えればいい。

『助かる。すぐに向かってくれ』

「了解です」

携帯をしまい、玲子は倉田の肩を「お先」と叩いて追い抜いた。

「……気をつけろよ」

現役時代、彼は仲間たちに、こんなふうに声をかけたのだろうか。

「ありがとう」

玲子は肩越しに手を振った。もしタクシーが通ったらすぐに拾えるよう、道を渡って畑側を走った。それで移動時間が短縮できるなら、畑の中を突っ切っていきたい気分だった。

団地の向こうから、オレンジ色のタクシーがやってくるのが見えた。玲子は車道に出て、飛び上がって両手を振った。

その手を、玲子は倉田にも振ってみせた。むろん彼は振り返さなかった。が、小さく頷いた、そんなふうに見えた。

夏の夕暮れ。蟬の声は少年刑務所にも、倉田にも玲子にも、等しく降り注いでいた。狂気にも似たそれは、乗り込んだタクシーが走り出してもなお、執拗に玲子を追い駆けてくるようだった。

右では殴らない

警視庁捜査一課主任である姫川玲子にとって、東京都監察医務院という場所には二つの意味がある。いうまでもなく一つは、自然死と他殺の間にあるあらゆる変死を扱う機関であるということ。もう一つは飲み友達の監察医、國奥定之助の勤務先であるということだ。

通常、この二つが交わることはまずない。玲子が仕事で監察医務院に出向き、國奥に話を聞くというケースはごく稀である。

なぜか。捜査一課が関わる時点で、それはすでに殺害事件であると決まっているからだ。事案となる遺体の死因は自然死や事故死、自殺ではなく、他殺と結論が出ている。他殺体の解剖は大学の法医学者が行う。監察医は畑違いだ。

しかし、今回は少々事情が違うようだった。

玲子はその日、在庁と呼ばれる出動待機日を利用して、新宿区の牛込《うしごめ》警察署を訪れていた。以前手掛けた事件が未解決になっており、その後が気になっていた。担当の刑事に話を聞いていると、そこに捜査一課十係長である今泉警部から連絡が入った。國奥から直接電話があり、至急来院するようにいわれたのだという。

『……詳しいことは分からんが、せっかくのご指名だ。姫川、お前がいってこい』

今朝の時点では、まだ七係二班と五係一班、三係は丸ごと警視庁本部に残っていた。玲子が率いる十係二班に出番が回ってくるのは、まだ先のことと思っていたが。

「了解しました。四十分で向かいます」

また伺います、と頭を下げ、玲子は牛込署刑組課を辞した。

階段を下りながら、監察医務院までどういくのが一番早いかを考える。神楽坂《かぐらざか》駅まで出た方が早いか。いや、やはり最寄りの牛込神楽坂から、本郷《ほんごう》三丁目で丸ノ内線に乗り換えて新大塚、というのが一番早いか。新大塚からなら、監察医務院は歩いて三分だ。

しかし、なぜ國奥は今泉係長に直接電話をしたのだろう。変死体の死因が行政解剖の結果他殺であると判明した場合、通常は発見現場の所轄署が本部に連絡を入れ、それから捜査一課に情報が下りてくる。その一切を省いて、國奥は十係に直接連絡を入れてきた。

つまり、普通の事件ではないということなのか。

歩道を歩きながら、四人の部下に連絡をとる。古株の石倉巡査部長は埼玉の、以前担当した事件の被害者宅を訪問中とのことだった。若い湯田巡査長と葉山巡査長は本部で昇任試験の勉強中。今すぐ新大塚までこられるのは、池袋で馴染みの質屋を訪問中の、菊田巡査部長だけのようだった。

「すぐきてよ。ひと駅でしょ」

『いいっすけど、なんでまた監察医務院なんすか』

「知らないわよ。係長も、とりあえずいけとしかいってなかったんだから」

三十五分かけて着いてみると、先にきていた菊田はなぜか中には入らず、背中を丸め、監察医務院の入り口でタバコを吹かしていた。

「入ってればよかったのに。寒いでしょ」

駐車場の隅には、先週降った雪がまだ少し残っている。

「なんか、苦手なんすよ」

「……ここが？」

「いや、あの爺さんが」

分からなくはない。國奥は定年間近であるにも拘わらず、まだ三十になったばかりの玲子を本気で口説こうとするユニークな老人だ。加えていうならば、あからさまに菊田をライバル視してもいる。

「まあ、國奥先生も、菊田のこと嫌いだしね」

「そうなんすか？　なんでですか」

「知ぃーらない」

ちなみに菊田は三十三歳。男らしいがっちりとした体格で、同世代で話も合うため、玲子は何かと彼を頼りにすることが多い。

「ちょっと主任、待ってくださいよ」

そんな菊田を従え、玄関ホールを通る。すぐ左手の階段を上り、二階にある常勤監察医の個室を覗くと、いつもの窓際のデスクに國奥は座っていた。

「おお……」

姫ぇ、と普段なら続くところだが、今日は「なんじゃ、ゴリ男も一緒か」と、眼鏡をずらして眉をひそめる。

「ご、ゴリ……」

正しくは「和男」だ。

「こんにちは。今日はデートのお誘いじゃなくて、一応、仕事の話らしいじゃないですか」

玲子はコートを脱いで応接セットのソファに座った。顔をしかめた菊田が隣に腰を下ろす。國奥は不満そうに口をモゴモゴさせながらも、玲子たちの向かいに座った。

「……仕事、といえば、それはそうなんじゃが、おたくの事件かというと、それがもう一つ判然とせんでの」

「手短にお願いね、先生」

溜め息をつく國奥は、いつもよりさらに老け込んで見えた。一応定年前だから五十代のはずだが、見た目だけならほとんど七十代だ。

「ふむ。ことの起こりは、神奈川の川崎署管内で突然死した三十代の男性で、検死結果は病死、劇症肝炎とのことじゃった。……が、面倒なことに、この遺体からは違法薬物が出ちまった。覚醒剤じゃ」

「はあ。肝炎持ちがシャブ中っすか」

ゴリ男は黙っとれ、と國奥が呟《つぶや》く。

「あくまでも死因は劇症肝炎。中毒死ではない。しかし疑うべきはその過程じゃ。仮にこの劇症肝炎が、新種の違法薬物によって引き起こされたものだとしたら、恐ろしくはないか」

「つまり、その薬物を使用すると、中毒になるより早く、劇症肝炎で死亡する可能性がある、ってこと？」

「簡単にいうと、そうなるかの。まあこれは仮定にすぎんから、そういう症例が出たら特に注意するようにと、福祉保健局から通達があったばかりなんじゃが……出ちまった。次が。それも、よりによって都内で」

玲子は息を呑んだ。

「……いつ」

「昨日の夜、十一時過ぎに呼び出されたわ」

「やっぱり、劇症肝炎……？」

「うむ。ヒロポン入りでな」

「所轄は」

「滝野川《たきのがわ》。生活安全課が鑑（関係者）を当たっとるようじゃが、どうかの。おたくが音頭をとって川崎と一緒にやるなら、手配はしてみるが」

その必要はなかった。

さらにその三日後、今度は杉並署管内で同様の死者が出たのだ。

異例のことではあるが、一課捜査員から情報を吸い上げる形で事件は認知され、正式に本件は捜査の対象となった。捜査本部は広域性を見込んで警視庁本部に置かれ、滝野川署の生活安全課と刑組課強行犯捜査係、杉並署の同課同係、本部からは十係姫川班と三係一班が参加した。ちなみに川崎署とは連絡をとっていない。警視庁と神奈川県警は犬猿の仲なのだ。

「起立、敬礼……」

本部庁舎六階の大会議室にて開かれた初回の捜査会議。報告された事案の概要はこうだ。

一月十九日午前一時。滝野川署管内にあるワンルームアパート、野間《のま》ハイツ在住の独身男性、綱島信彦《つなしまのぶひこ》、二十九歳は自ら救急車を呼び、都内の病院に収容されたが、同日二十二時七分に死亡した。入院時にはすでに黄疸が現われており、意識障害も顕著であったため、ここ数日出勤できない状態にあった他は特に問診から判明したことはなかった。

担当医は、入院二十時間では加療中の死亡とするには当たらないと判断し、所轄署を通して監察医務院に死体の検案を依頼した。解剖の結果、死因は劇症肝炎による急性肝不全と判明したが、同時に微量ながら覚醒剤を使用した痕跡も認められた。

続いて一月二十三日十六時。杉並署管内のマンション、グランドハイツ杉並の七〇七号室から異臭がするという通報が同署に入った。管理人立ち会いのもと同室を調査すると、寝室のベッドに男性の腐乱死体が見つかった。検視と現場検証の結果、同署は遺体を七〇七号賃借人である三沢光浩《みさわみつひろ》、三十五歳と断定。同じく監察医務院における行政解剖で死因は劇症肝炎による肝不全および心不全と判明。覚醒剤使用の痕跡も確認された。

捜査一課管理官の橋爪《はしづめ》警視が続ける。

「残念ながら、両被害者宅から未使用の薬物は発見できなかった。体調を崩した被害者がその原因を薬物であると判断し、自ら処分した可能性は充分に考えられる。……本件では、捜査の軸を二つに分けて進めていく。まずは被害者の鑑をくまなく当たり、日頃の行動パターンを把握する。担当者は特に、被害者相互に何らかの接点があるであろうことに留意して聞き込みに当たってほしい。もう一つは薬物の流通ルートについて。この薬物については、監察医務院の國奥医師からお願いする」

長い付き合いだが、玲子も捜査会議壇上にいる國奥を見るのは初めてだった。新調したのか、やけに折り目正しいスーツを着ている。普段はまったく見られない、気合いにも似たものが妖気の如く漂っている。たぶん玲子以外の捜査員には、無理にめかし込んだ老人にしか見えないだろうが。

「ええ、監察医務院の、國奥です。ええ……まず、劇症肝炎につきまして、多少の説明が必要かと存じますが、ええ、その前に、通常の肝炎の分類から申し上げますと……」

橋爪から「國奥さん、手短に」とツッコミが入る。

「あ、ンンッ……ええ、まあ、有り体に申しますと、劇症肝炎と申しますのは、鎮痛剤アセトアミノフェンや、麻酔剤ハローセンなどを使用した場合に起こる、ある種の薬害と申しますか、近年国内では一種の医療ミスといっても過言でない病気と、認識されておりまして、つまり、今回の被害者が使用した薬物に、そういった成分が、何らかの理由で混入、あるいは製造者が、意図的に混入させたのではないかと、考えることができるかと存じます。この薬物がどういった目的で、どれほどの量が製造されたのかは知る由もありませんが、これが仮に、元来の、指定暴力団の資金調達目的などではなく、ある種のテロを、目的としたものであるとすれば、これは実に、極めて、ゆゆ……」

可哀想《かわいそう》に。途中で橋爪にマイクを取り上げられてしまった。

「國奥先生ありがとうございました」

よっぽど喋りたかったのだろう。マイクを失っても、國奥はなかなか壇上から下りようとはしなかった。

被害者は両方とも三十歳前後の独身サラリーマン。くまなく鑑を当たるのは難儀だな、というのが当初、大方の捜査員の見方だったように思う。が、重要参考人は意外にも簡単に浮かび上がった。

携帯電話だ。綱島のには「ジュン」、三沢のには「リョウ」と名前こそ違うが、両者が所持していた携帯電話のメモリーには同じ番号が登録されていたのだ。

今回、捜査本部における玲子の立場はかつてないほどに強かった。何せ所轄署も覚せい剤取締法違反程度にしか認知していなかった事案を、連続殺害事件と定義して取り上げたのだ。ホシを捕り損ねた場合の非難を想像すると身震いを禁じえないが、それ相応の発言権も与えられている。

「その番号に関しては、私の班が担当します」

早い話、玲子はネタを好きに選んで捜査をしていいというわけだ。あとは自分の引いたクジが、ちゃんと犯人に繋がっていますようにと祈るのみである。

ちなみに今回の相方は、杉並署生活安全課の若い女性巡査長だ。北原萌子《きたはらもえこ》、二十六歳。最近はゴミ処理問題を担当していたというが、どう考えてもルックスを買われて取り立てられたとしか思えない、可愛らしいお嬢様だった。他でもない、かつての自分がそうだったからよく分かる、といったら反感を買うだろうか。

それはいいとして。

いきなり目的の番号にかけるのは危険すぎるので、まずは慎重に、簡易裁判所に出向いて令状を用意し、その上でNTTドコモの管理部門に乗り込んだ。

「この番号の持ち主を調べてください」

だが、この番号はドコモではなくauなので、顧客データまでは分からないと頭を下げられてしまった。まあ、この程度の事態は想定の範囲内だ。令状は最初から携帯電話会社の数だけ用意してある。同様にしてauの管理部門に出向くと、多少嫌な顔はされたが、なんとか持ち主は調べてもらえた。

「こちらですね」

下坂勇一郎《しもさかゆういちろう》、四十九歳。住所は港区六本木。この男が、なんらかの形で二人の被害者と繋がっていたものと考えられる。

結果を捜査本部に報告する。比較的早い捜査の展開に、橋爪管理官はいたくご満悦だ。

『分かった。こちらでも調べてみよう。菊田と石倉を向かわせるから、君もそっちから回ってくれたまえ』

「いえ、菊田だけでいいです。勤め先が判明したら、石倉はそっちに向けてください」

三係の捜査員をこの線に絡ませたくはない。

『分かった。そうしよう』

タクシーで移動している間にも、玲子の携帯には続々と本部デスクから報告が入ってきた。下坂参考人宅を所管する麻布《あざぶ》署地域課には真面目な警官が多いらしい。この時点で、欲しい情報のほとんどが出そろった。

下坂勇一郎の勤務先は有名不動産会社の本社、所在地は芝公園《しばこうえん》。テレビCMでよく見るため、玲子にはマンション経営を得意とする会社というイメージがある。下坂はその第二企画部部長補佐。家は十年前に購入した持ち家。家族は専業主婦の妻、明子《あきこ》と、十七歳高校生の娘、美樹《みき》。犬はシベリアン・ハスキー。

ちなみに、とデスク担当者は付け加えた。

『両被害者の携帯メモリーにあった番号は、下坂が普段使っている番号とは違うようなのですが』

はて。契約者は下坂勇一郎であるのに、使用者が違う。ということは、実際に使っているのは妻か娘、ということになるか。

「娘の学校は分かってるのかしら」

デスク担当は誇らしげに答えた。

『渋谷区の、宝林《ほうりん》女子学園高等部です』

「そっちには誰かいってる？」

『あ、ちょっとお待ちください……はい、今しがた、湯田巡査長が』

よかった。新入りの葉山じゃなくて。

いったん切り、湯田にかけ直す。

「……ああ、コウヘイ。あんた娘の学校に向かってるんだって？」

『はい。今タクシーに乗ったばかりです』

「それさ、あんまつっつかないで、夜まで泳がしといてよ」

『え、教員の評判とか、訊かなくていいんですか』

「うん。学校に写真出させて面が確認できたら、こっちに写メで送って。それ以上は攻めなくていい。せいぜい見失わないように、帰宅まで慎重に尾行してちょうだい」

『了解しました』

隣で北原巡査長は、手帳に「娘は帰宅まで泳がせる」と書き込んで閉じた。真面目な娘だ。

下坂邸は、わりと立派な構えの一軒家だった。早々と明かりの灯《とも》った出窓には、ときおり品の良い中年女性の上半身が覗いた。下坂明子は在宅、と考えてよさそうだ。

夕方四時になり、少し離れた場所で菊田組と落ち合った。相方は滝野川署強行犯係のベテラン巡査長だ。

「どうする？　奥さん、当たってみる？」

菊田は腕を組んで考え込んだ。下坂勇一郎名義の番号を実際に使用しているのは、妻の明子か、それとも娘の美樹か。二十九歳と三十五歳のサラリーマン、双方と携帯番号を交わしていたのは、果たしてどちらの「女」なのだろう。

「とりあえず、誰がどの番号を使ってるのか、それとなく確認するだけでいいんだけど」

「娘は、コウヘイが当たってるんすよね？」

打算。できることなら自分の手で有力な情報をあげたい。刑事としては至極当然の欲求だ。

「そう。なんせ女子高生だから、どこに飛んでっちゃうか分かんないけどね」

「妻、明子は、専業主婦……」

「うん、夫は多忙なサラリーマン。暇な時間のお相手は、犬とテレビと……携帯電話」

菊田は小さく頷いた。

「俺、奥さんいきます」

「よし、いっといで。あたしは近所を回ってるから。ちなみに犬はシベリアン・ハスキーだけど、無理してでも可愛いって褒めるのよ」

犬苦手なんだよな、と頭を掻《か》きながら、菊田は相方を促《うなが》して下坂邸に歩いていった。

インターホンの前で巨体を屈め、恐れ入りますぅ、と猫撫で声を出す。

「ほら、あたしらもいくよ」

「あ、はい」

北原を従えて六本木駅方面に歩き出すと、湯田から電話が入った。

『いま学校を出て、渋谷駅に向かってます。学校で入手した写真と、いま撮ったのを送りますから、ちょっと切りますね』

　すぐにメールが届いた。添付されていた写真は三点。一枚目は学校側が提出したものであろう、証明写真的な顔のアップ。なかなかの美少女。クリクリの目とつるりとした輪郭が印象的だ。

　二枚目は体育祭か何かでの一枚。スタイルも申し分ない。胸はさほどでもないが、紫のブルマーから伸びる脚が、骨ばらない程度に細くて羨ましい。

　三枚目は湯田の撮影した後ろ姿だ。友達二人と並んで歩いており、注釈から右側であることが分かる。身長は推定百六十センチ。玲子より十センチほど低いことになる。具体的には、

「北原さん、身長いくつ？」

「百五十八です」

　この娘くらい、と。

　駅までの道を二度往復する。どう考えても、十七歳の女子高生が真っ直ぐ帰ってくるとは思えない賑やかさだ。下坂邸のある区画は四方を大通りに囲まれている。寄り道をする場所次第で、東西南北どこから帰ってくるのか見当もつかない。
　四、五分待つと、下坂邸から菊田が出てきた。

「ご苦労さん。どうだった」

「いや、犬、でかいっすね。参りましたよ」

「じゃなくて番号」

「分かってますよ。娘です。美樹ですね。明子は別の番号を使ってます」

湯田の携帯にかけたが、地下鉄にでも乗っているのか呼び出しができない。駅方面に移動しながらかけ続けると、六時半頃になって繋がった。

『ちょっと渋谷で遊んじゃって、いま六本木に着いたところです』

「そう。番号の使用者は美樹だわ。家は駅から北、七丁目の奥の方なんだけど、帰ってくる感じかしら」

『そうですね。足取りとしては、そっち向きです』

「分かった。そのまま尾行して。はさみ撃ちで確保しよう」

湯田の実況中継を聞きながら、玲子たち四人は順路を逆に予測してたどった。

駅周辺の繁華街から、少し離れた住宅地。すっかり暗くなった、街灯もまばらな道の向こうに、ダッフルコートを着た小柄な人影を認めた。左側の白線内を歩いている。灯《あか》りの下に入ると、かなり髪の色が明るいことが分かる。後方には、湯田とその相方らしき姿もある。

玲子たちを追い抜いた車のヘッドライトが少女を照らした。面を確認。確かに写真の少女、下坂美樹だ。微《かす》かに目を細め、足を速めて電柱の前に出る。少女というよりは、すでに「女」を感じさせる身のこなしだ。あるいは「メス」と言い替えてもいい。

バッグを提げた肩に手をやり、うつむき加減にしていた美樹は、ふと目線を上げ、玲子たちの存在を視界に入れた。四人の集団とすれ違うことを嫌ったか、右側に渡ろうと小走りする。その瞬間、玲子たちも動き、彼女の前に立ち塞がった。

「下坂美樹さん、ですね」

訝《いぶか》る目。応えはない。声をかけたのが菊田だったら、ダッシュで逃げ出していたかもしれない。

玲子は身分証を街灯に照らして見せた。

「警視庁の者です。少しお話を伺いたいのですが、ご都合をお聞かせください。ご自宅がよろしいですか、それとも我々とご同行いただけますか」

美樹は背後に止まった湯田たちの足音に意識を向けた。四人だけではない。囲まれている。逃げられない。そう悟ったようだった。

「……なんだか知んないですけど、いきますよ。一緒に」

このとき玲子は、密《ひそ》かに自らの勝利を確信した。

二台のタクシーに分乗した。幸い、六本木七丁目から警視庁のある桜田門までは大した距離ではない。

道中、美樹はひと言も口を利かなかった。冗談でアメでも買ってあげようかといってみたが、クスリともしなかった。玲子と北原にはさまれる位置で、無表情のまま、ただひたすら先行車両のテールランプを見つめていた。

彼女が何を考えているのか。そんなことは、玲子にはすべてお見通しだった。後ろ暗いことは多々あるが、いま自分が何を疑われているのかが分からない。下手なことをいわないように黙秘を決め込もう。せいぜい子供が考えるのはその程度だ。

十五分ほどで本部に到着した。帳場への報告は湯田に任せ、玲子たちは二階の取調室に直行した。

「どうぞ。せまいところだけど我慢してね」

奥のパイプ椅子を勧める。

「改めまして。警視庁捜査一課の姫川です」

一応、美樹は机に差し出した名刺を覗いた。十七歳の少女が、捜査一課や警部補という言葉の意味をどれほど解するかは知らないが、ちょっと偉いんじゃないか、程度には思ってくれたことだろう。ちなみに北原は玲子の左後ろの机で記録をとっている。菊田たちは隣の取調室からこっちを見ているはずだ。

美樹は氏名、年齢、住所、家族構成、学籍の確認には頷いて応じた。

「……じゃあ、なぜ今日、あなたがここに呼ばれたかは、心当たりがあるかしら」

小首を傾《かし》げて腕を組み、クリクリのお眼目であらぬ方を見上げる。

「そのわりには、大人しくついてきたじゃない。心当たりもないのに、こんなとこまで連れてこられるのはウザいんじゃないの？」

鼻で笑い、美樹は壁のミラーを注視した。覗かれているのかもしれないと思い至ったか、反対側の壁に顔を向け直す。肩までのしなやかな茶髪の間から、ピアス穴の空いた耳たぶが覗く。

「ま、わざわざきていただいたんだから、礼儀としてこちらから申し上げましょうか。ええと、まず十九日に、北区滝野川在住の、綱島信彦さんという二十九歳の男性が亡くなりました」

綺麗に整えた眉がぴくりと跳ねる。だがそれだけだった。よく我慢したと褒めてやろう。

「そして二十三日、昨日ね。杉並区の三十五歳男性、三沢光浩さんが遺体となって発見されました。死後一週間って感じかしら。ゲロ吐かれてここを汚されたら困るから、遺体の写真はお見せしないわね。生前はこんな感じ。こっちが綱島さん、こっちが三沢さん。ご存じよね」

依然無関心を決め込んではいるが、肌理《きめ》の整った頬には強張《こわば》りが見てとれた。嫌いな男に無理やり関係を迫られているような顔、といったらいいだろうか。文句なしに可愛いのに、なぜだか無性に腹立たしい。気性の荒い男の前で、あまりそういう顔はしない方がいいわよ、と忠告してやりたい。

「どうして警察がこんなことをいうのか、疑問には思わない？」

美樹は小さくまとまった鼻から溜め息を吹き、玲子の顔に一瞥《いちべつ》をくれた。残念ながら、面と向かってブス呼ばわりされるほど、こっちも不細工ではない。

「……どうせ携帯でしょ」

「携帯の、なに？」

「二人のメモリーから、あたしの番号が出たんでしょ」

「どうしてそう思うの？」

一度名刺に落とした視線を上げ、美樹は改めて正面から玲子を睨んだ。いい眼をしている。だがどうせなら、そういう負けん気はクラブ活動とか勉強とか、何か実のあることに向けてもらいたいところだ。

「どうして、二人の携帯にあなたの番号があるのかな」

さらに、ダルそうな舌打ち。

「……援助交際、っていったら、そんなのはただの売春でしょって、目くじら立てちゃうんだよね。オ、マ、ワ、リ、さん、は」

挑発のつもりか。玲子は机に頬杖をつき、逆に落ち着きはらってみせた。

「ウリ、やってたんだ」

「どーだか」

「喋りたいでしょ。わたしって、可愛くてスタイルもいいからモテるのよ、って」

「別に。そりゃ、姫川さんみたいなオバサンよりは、若くて可愛いのは事実だけど」

それくらいの中傷は、女子高生の相手をするとなったときから覚悟はしていた。がやはり、実際にいわれるとそれなりに傷つく。特に、背後の北原がどう思ったのかを考えるとつらい。だが、仕方ない。自分も十七歳の頃は、三十歳は立派にオバサンだと思っていた。

「じゃ、二人とそういう関係にあったことは認めるんだ」

「そーいうってどーいう？」

「援助交際」

「いけない？」

「いけないわよ。子供はおウチで大人しくお勉強してなくっちゃ」

「でも、大人の男は子供が好きよ。特に可愛い女の子がね。食べちゃいたいくらい大好きみたい」

「だから、食べさせてあげた？」

「さあ。死体に訊いてみたら」

ほほう。なかなか面白いガキだ。

「ま、やってないって嘘つかないだけマシだわ。褒めてあげる。でも、もう少しだけ正直になってみたらどうかしら」

美樹はおもむろに顎を上げ、少しだけ唇を開いてみせた。鏡の前で何度も練習した、ご自慢のアングルなのだろう。確かにセクシーで、男なら十代から五十代まで、漏れなく釣れそうではある。が、それをオバサン相手にしてみせるのはいかがなものか。

その角度のまま口を開く。

「……あのさァ、売る方が悪いとか買う方が悪いとか、そういうワイドショー的な話だったらウンザリなんだけど」

「そんな話はしないわ。両方悪いのは分かりきったことだし、でも買った方は死んじゃってるから、生きてるあなたにお話を伺うしかないでしょう」

なぜだろう。美樹は嫌味なほど表情を崩し、薄笑いさえ浮かべた。

「何が、悪いって分かりきってるって？」

「売春、買春、両方よ」

「なんで？」

「あら知らないの。法律でダメって決まってるのよ」

また鼻で笑い、椅子の背もたれに身を預ける。

「刑事って、あんがい頭悪いのね。法律で決まってるとかさァ、そんくらいのことだったら小学生だっていえんのよ。そんなことでしか説得できないから、性風俗は乱れるわ検挙率は下がるわ、不祥事は相次ぐわでジリ貧になってくんじゃないの？」

多少、社会勉強もなさっているようではある。

「ずいぶん、自信があるみたいね」

「何が」

「口喧嘩」

ハァ？　と口を、鼻の穴を広げてみせる。窓越しに見た母親の雰囲気から、この娘もそれなりに育ちは良いのだろうと思ってきたが、どうやらそうでもないらしい。一体、どこでこういう感情表現を覚えてしまったのだろう。

「大体さァ、人類最古の商売に、いまさらいいも悪いもないでしょう」

「あるのよそれが」

「法律で決まってるから？　そんな論法は聞き飽きてるっつーの。全然説得力ないし。だったらなんで風俗嬢はいいのよ。やってることは一緒でしょうが。ソープはどうなのよ。あれが売春じゃなくてなんだってのよ。風呂入ってセックスして金もらうのは、ソープだってエンコーだってホテトルだって一緒でしょうが」

「違うのよそれが」

「何よ。いってごらんなさいよ」

まったく、なんて言い草だ。捜査一課の刑事をなんだと思っているのだろう。こういう話は生活安全部の人間とやってほしいものだ。が、今回は乗りかかった舟。甘んじて受けて立とう。

「まず、彼女たちはちゃんと税金を納めているわ」

「ハァ？」

「営業許可をとった店で、従業員としての登録をして、サービスによって賃金を得て、その中から税金を払っているの。それが社会に出て仕事をするということなの。社会に認められるということなの。それ以外は全部ダメ。ホテトルだろうがエンコーだろうが、魚屋だろうが駄菓子屋だろうが、社会に認められていない仕事は一切しちゃいけないの、この国では」

「しゃかいシャカイって、それしかいえないの」

「あなたが馬鹿にできるほど、社会は甘くはないわよ」

「そんなもん、甘かろうが辛《から》かろうが関係ないっつーの」

お返し。玲子も鼻で笑ってみせる。

「いいえ、関係大アリよ。じゃあ訊くけど、体を売って得られるものって何？」

「あたし、ウリやったなんてひと言もいってないけど」

「一般論でけっこうよ。見ず知らずの中年男の前で裸になって、股開いて入れさせて、射精するまで感じてる芝居して得られるものって、なに」

美樹は胸糞《むなくそ》悪そうに顔を背《そむ》けた。当たり前だ。いっている玲子だって決していい気分ではない。

「……金、でしょ」

「知ってるじゃない。そう、お金。そのお金、即ち通貨とは何かっていったら、社会があらゆる取引を円滑に行うために生み出した交換手段でしょ。じゃあ、そのお金を使ってすることって何」

「何って、色々だよ。バカなこと訊かないでよ」

「そう、色々ね。ブランドものを買ったり、カラオケで朝まで盛り上がっちゃったりするのよね。でもそれも、実は立派な経済活動だから。市場経済が導入されている国家というシステムの中だからこそ、それは成立するんだからね。エンコーでどんなにお金稼いでも、人もいないアフリカの熱帯雨林までいっちゃったら意味ないでしょう」

何いってんの、バカじゃないの、と美樹は吐き捨てた。

「いいえ。バカはあなたよ。あなたはまだ社会というものの意味を理解していないわ。自分の体を売って自分で稼ぐ分にはかまわないだろうとか思ってんでしょ。別に減るもんじゃなし。ちょっと我慢してればセックスなんてすぐ終わる。恋人ができて、いつか結婚することになっても、その人には黙ってれば分からない。でしょ？」

いう前にいわれた悔しさか、美樹は不味《まず》いものでも食べたように口を捻じ曲げた。

「そもそも、いつまでも続けるつもりなんてない。今だけ、ちょっとだけやって大人になる前にやめるんだから問題ない。大体、社会なんて雲みたいに遠いところにあるもので、自分には関係ない。そんなふうに思ってるのよね。でも、それは大間違い。あなたという存在自体、社会から認められたからこそ、ここにあるのよ」

怪訝《けげん》そうな顔。玲子が何をいおうとしているのか分からない、そんな表情だ。

「あなたの下坂美樹という名前も生年月日も、むろん国籍も本籍住所も、国家がそれと認めた地方自治体の管理下にあるのよ。下坂美樹という十七歳の少女の存在は、国家という社会が認めたからこそそこにあるの。国籍がなくなったらむろん学校にはいけないし、結婚だってできないわ。それどころかまともに就労するのは不可能になるわね。それこそヤクザかなんかにつかまって、朝から晩まで薄汚い男たちの唾液と精液にまみれて暮らすようになるのよ」

少し、玲子の勢いが勝ってきたか。美樹の反抗的な眼の色が、徐々に苛立ちを帯びたそれへと変わっていく。

「あなたが社会なんて関係ないっていうんなら、試してみましょうか。さっき、あたしの部下がお宅に伺って、お母様の携帯番号を聞いてきたの。これから、あなたのお母様に電話するわ。おたくの美樹ちゃんは、どうもサラリーマン相手の売春行為に明け暮れていたようなんですがって」

「そんなッ」

美樹は椅子から尻を浮かせた。

「証拠もないのに、そ、そんなこと、していいと思ってんのッ」

予想通り。生意気をいっていても、親に知られるのは怖いのだ。だから、自宅での事情聴取を嫌って、桜田門までのこのこついてきた。あの時点で玲子の術中にはまっていたことを、自分ではいまだに気づいていない。しょせん子供なんてこんなものだ。

「あら、売春婦呼ばわりが気に障《さわ》ったかしら。だったらあたしを、名誉毀損で訴えるなりなんなりすればいいわ。でも法廷って、社会性が問われる最たる場所よ。モグリの売春婦の出る幕じゃないんだけど」

「あんた、け、刑事でしょ」

「あなたが社会性を否定した以上、あたしが社会的に何者かなんて、職業がなんであるかなんて関係ないんじゃないかしら」

「バカバカしい」

「そうよね。バカバカしいわよね。だったらそんなもの、あたしがこの手で叩き潰してやるわ。あなたの社会性を、将来にわたって滅茶苦茶にしてあげる。……まずは学校ね。先生も生徒も、用務員のオジサンにまで知れ渡るようにアナウンスするわ。下坂美樹は売春婦です、お金次第でどんな男にも股を開きますってね。校長先生もいかがかしらって。むろんお母様にもお父様にも、なんだったらお父様のお勤め先にもお知らせしましょうか。部長、下坂さんのお嬢さん、今ならお安くしときますよって」

美樹の顔に、苦渋の色が広がっていく。父親と同じ職場の人間に抱かれるのは、さすがに気が進まないらしい。

「ほとぼりが冷めるまでの我慢だなんて思わないでね。あなたが何喰わぬ顔でどっかの殿方と結婚でもしようものなら、その方にもあたしは必ずお知らせするから。むろん、あなたがＯＬになろうがフリーターになろうが、仕事をするんだったらそこにもね。でも、そうなったってかまわないじゃない。社会なんてあったってなくたって関係ないんだから。みんなが勝手にやってるだけで、あなたはあなたで、また勝手にやればいいんだから。一生道端で股開いて暮らしたっていいじゃない。年取ったってなんとかなるわよ。代々木《よよぎ》公園辺りで勉強してきたらどう？　いいお手本がいるから紹介してあげるわよ。ホームレス相手に売春して食い繋いでる、お夕カさんってお婆さんがいるの」

美樹は悔しそうに呟いた。人でなし。

「あら失礼ね。あたしは社会性を無視した場合の一般論を語ったまでよ。むろん、あなたが社会に少しでも貢献したいっていうんなら、それは大歓迎よ。今からでも、ちっとも遅いことなんてないわ」

最悪。そんな言葉が、ガックリとうな垂れた美樹の頭の天辺《てっぺん》、几帳面なほど真っ直ぐな髪の分け目から立ち上ってくるようだった。

「ちょっとは、勉強になったかしら」

さぞかし今の自分は、意地の悪い笑みを浮かべていることだろう、と玲子は思った。

しかし、法の番犬を舐めてもらっては困る。

違法行為で甘い汁を吸い、一方ではお嬢さん面をして生きていこうだなんて、ご都合主義にもほどがある。未成年だろうがなんだろうが、社会の一員として生きるなら、それ相応のルールは守れといいたい。それが守れないのなら、社会から排除される覚悟をするべきだ。

「あんまり、当たり前のことをバカにしないことね。当たり前のことには、それが当たり前になるだけの、ちゃんとした理由があるものなのよ」

法のすべてが正しいとはいわない。だが決まってしまったものは守ってもらわなければ困る。そんなに法に疑問があるのなら、売春などせず勉学に励み、東大法学部でも卒業してしかるべき官庁に勤めたらいい。あるいは国会議員になって、それから売春が自由化されるよう法の改正を訴えるべきだ。それができないのなら、出来合いの法律で我慢してもらうしかない。料理の苦手な男やもめが、毎日ホカ弁を買うのとまったく同じ論理である。

まあ、このお嬢さんにそこまでの気骨はなさそうだから、あえて今日はいわずにおくが。

「……あたしに、どうしろってのよ」

玲子は一度、深呼吸をはさんだ。

「綱島と三沢、あなたが二人とどういう関係にあったのかを、教えてちょうだい」

眉をひそめて苦りきり、溜め息を漏らす。悩める美少女。これもなかなか絵になっているではないか。

「……ウリ、やってました」

「正確にいうと？」

「売春、してました」

「それだけ？」

しばしの沈黙。考え中。考え中。

「……クスリ、あげた」

北原が後ろでコリコリとペンを走らせる。

「どんなクスリ？」

「知らない。気持ちよくなるクスリ」

「どうして知らないの」

「あたし、使ったことないもん。怖いから」

ほう。そういうところには常識的判断が働くのか。まあ、だからこそ今ここに生きていられるともいえるのだが。

「どうやって入手したの」

「……もらった」

「誰から」

「客。他の客」

「それを二人に、横流ししたってわけ？」

美樹は両目を一杯まで見開いた。

「あげたんだよ。いらないからあげたの。別にクスリ売って稼いでたわけじゃないよ」

売春は自分の中で正当化できても、違法薬物の売買は別問題ということか。面倒な倫理観だ。

「もう一度訊くわ。誰からもらったの」

「……ウダガワ、コウイチっていう、どっかの大学の、医大生」

漢字を確認すると、たぶん「宇田川浩一」だったと思う、と美樹は答えた。

たぶん、とか、どっかの、では困るのだが。

飲み物は何が好きかと訊くと、美樹はミネラルウォーターと答えた。甘いものは極力摂らないようにしているのだという。

「ブルボンのアルカリイオン水が、マイブームかな」

甘いものはNG、違法薬物もNG、でも売春はOK。なんと厄介なお年頃だろう。

十分すると、湯田がご要望の品を三本差し入れてきた。ただの水とどう違うのかはよく分からないが、玲子もそれを飲みながら事情聴取を続けた。

「綱島と三沢の携帯には、それぞれ違う名前で登録されてたけど、あなたは彼らと偽名で付き合ってたわけ？」

「うん。だって、変な気起こしてつきまとわれたらイヤじゃん」

「ちなみに宇田川浩一とは、なんて名前で？」

しばらく、うーんと考え込む。

「確か、マミ……だったと思うけどな」

ここは要確認、と。

「そう……でも、相手の本名は知ってるんだ」

「最初に身分証明書を提示させるからね。その場で写メで自宅のメアドに送っちゃうの。トラブったら痛い目見るのはあんたらだよって、まあ保険だよね」

彼女たちもそれなりに、自己防衛はしているというわけか。

「身分証明書って、たとえば何」

「大体は、免許かな」

「宇田川浩一は？」

「帰ってみないと分かんない。でもたぶん、免許だったと思う。医大生だっていってたけど、学生証を見た記憶はないから」

ゴクリと水を飲み、美樹は一々フタを閉める。

「どうやって知り合ったの」

「出会い系。今年の春頃かな。ダッサイ奴でさァ、真っ先に医大生なんだって、将来は金持ちだみたいにいうのよ。いまイケてないのも、いま金がないのも棚に上げてさ。あり得ねーとか思って、あんたはカラオケ止まりだよって最初にいったの。でも、しつこくってさァ。もうあたしと姦《や》りたくて姦りたくてしょーがないわけ。で、もう面倒だから、一回だけだったら十万でいいよってOKしたの」

「けっこうボるのね」

「あったり前じゃん。あんたほんとに日本人？　ってくらい真っ黒でダッさい髪型しててさ、それ買ったの昭和でしょ、って感じのシャツとズボン、ほんと〝ズボン〟って感じの穿《は》いてて。一緒に歩きたくないっつーの。まだスーツオヤジの方がマシだよ」

「でも、姦っちゃったんだ」

「まぁね。でもそれっきり。ヘッタクソだし、なかなか勃《た》たないし。勃っても入れるまでに萎《な》えちゃうし。やっと入れるかってなったらあたしはもう乾いちゃってて、痛いったらありゃしないの。でも舐めるのとかはできないの。ウッ、とかなっちゃって。他の男はみんな、喉渇いたときに蛇口にむしゃぶりつくみたいにするってのにさ。失礼しちゃうでしょ。あり得ないでしょ。もうぜってーオメーとは姦んねーって感じでしょ」

でしょ、といわれて頷けるものではない。

「一回だけってことは、じゃあ、クスリはいつもらったの」

「いやいや。姦んないだけで、金くれるんだったら会うくらいいいよってことで、メシは一緒に何度か食ってやったけど。……何回目くらいだったかな。いいものあげるって、くれたの。何って訊いたら、気持ちよくなるクスリっていうから、あんがとってもらっといた。でもほら、怖いじゃん。はまっちゃった友達とかいるし。だから、欲しいっていう他の客にあげてた」

「どれくらいもらったの」

「こんくらいの袋を、全部で……二十個くらい、かな」

美樹が手で示した四角からすると、二、三グラム入りの小袋だろう。粉末か。それが二十袋ということは、五十グラム前後ということになるか。

「分かったわ。これからお宅まで送っていくから、宇田川浩一の身分証について家で調べてちょうだい」

美樹は「ええーっ」と喚《わめ》き、可愛い顔を思いきり醜く歪《ゆが》めた。


菊田が運転する車の中で、美樹はやたらと喋りまくった。とにかく、自分がどういう罪に問われるのかが気になって仕方ないらしい。

「これって宇田川が悪いわけでしょ？　あたしのエンコーって、実は関係なくない？」

「綱島と三沢に関してはともかく、宇田川に対しての売春行為は、不問ってわけにはいかないわね」

「マージで。勘弁してよ……。じゃクスリは？　あたしは売ったわけじゃないんだから、罪になんないよね？」

「何いってるのよ。気持ちよくなるってのは知ってたわけだから、覚醒剤か麻薬であることは承知してたわけでしょ。それ以前にあれは、持ってただけで罪になるものだから」

「ってことは結局、どうなっちゃうの？　あたしは少女院とかに入れられちゃうの？」

「少女院なんてないわよ。関東だったら、狛江《こまえ》の愛光《あいこう》女子学園かな。でもまあ、あたしたちの捜査にちゃんと協力して、裁判所で反省の態度を示せば、もしかしたら、そこまでいかなくてもすむかもしれないわ。あなたがこれから、どれくらい社会に貢献できるか。それ次第よ」

とはいってみたものの、実のところ、売春で更生施設までいくことはまずないと考えていい。薬物所持との合わせ技で、いっても鑑別所がせいぜいだろう。どの道、家庭裁判所の判断は玲子ら警察官の関知するところではない。

下坂邸に着き、事情説明はあとですると母親に告げて美樹の部屋に上がった。この期《ご》に及んでまだ親に知られずにすむ方法があるとでも思っているのか、美樹は「大したことじゃないの」と母、明子に手を振ってみせた。階下には念のため、菊田組を残した。

美樹の、自室だけは人が違ったように綺麗であることを願っていたのだが、そんな都合のいい話があるはずもない。脱いだら脱ぎっぱなし、食べたら食べっぱなし。片づけないうちにどこからか異臭が漂ってきて、それを消臭剤で誤魔化し続けているような、いいんだか悪いんだかよく分からない甘い臭いが室内には充満していた。

「ちょっと待っててね」

パソコンの電源を入れ、ベッドの上を適当に片づけて「座って」と示す。薄茶色のシミがあちこちについた掛け布団。座ったら、五分でお尻が痒くなってきそうだ。いまどきの女子高生は性病の巣だというが、それは男から移されたというよりは、彼女たちが自ら生み出している、というのが実情のような気がする。

「これ、かな」

かと思うと、売春の顧客データはこまめに管理していたりする。マウスとキーボードを巧みに操り、二十ほどのデータファイルの中から目的のものを開く。

宇田川浩一の普通自動車運転免許証。画像の解像度は決して高くないが、いかにも勉強だけして大人になりましたという顔つきと、免許証番号はなんとか判別できた。他にも川崎の被害者や、クスリを渡したことのある他の男性客のファイルも開示させた。それらを北原に書きとらせ、捜査本部に報告、照会させる。

「お母さんに、いうの……？」

美樹は急にしぼんだ声でいい、眉をひそめた。確かに、男はそういう顔を悦《よろこ》ぶのかもしれないが、同性からは反感を買う確率の方が高いことにどうして気づかないのだろう。

「それはあなた次第よ。ただ、今日ウソをついてやり過ごしても、いずれは辻褄《つじつま》が合わなくなるわ。あたしがいるうちに正直に報告した方がいいんじゃない？　あなたにはまだ協力してもらわなきゃならないから、今だったら、ある程度の助け舟は出すわよ」

美樹は溜め息混じりに部屋を見回した。ちらかっていても、今朝までは居心地の好かった自分の部屋。それが今、彼女にはまったく別の空間に見えているのだろう。

母親の明子は号泣した。その最中にちょうど帰宅した下坂勇一郎は、拳を振り上げて美樹を殴ろうとした。むろん、菊田が止めた。

「汚《けが》らわしい、出ていけッ」

寝室に引っ込んだ勇一郎を追うべきか、美樹ともっと話し合うべきか。明子は散々おろおろした挙句《あげく》、結局はただ泣き続けているだけだった。玲子たちは十一時過ぎに下坂邸を辞し、本部に戻った。

翌朝五時。三係一班と合同で、身元の判明した宇田川浩一の身柄を確保した。宇田川はいつかこうなるであろうことを予測していたような態度だったが、死亡したのが下坂美樹ではなく、見ず知らずの男性二人だと知るとひどく動揺した。

宇田川は菊田組と取調室に入ると、訊かれたことについては素直に答えた。

『マミちゃんを、こ、殺して、僕だけのものに、したかったんです……』

宇田川はそんな、倒錯した主張をひたすら繰り返した。玲子はそれを、スピーカーを通して隣室で聴いていた。

『彼女はこれっぽっちも、そのクスリは使わなかったそうだ。全部ほかの客に、タダであげてたらしい。残念だったな。たぶん、亡くなった二人の他にも被害者はいるはずだ。せめてこれ以上死者が出ないよう、君には進んで、捜査に協力してほしい』

宇田川は、毒物の正体は、実験用マウスを肝臓病にするための特別な薬品だと語った。それを研究室から盗み出し、新宿で購入した覚醒剤と調合して乾燥、粉末化させた。あの薬を使用した者は、今すぐ大学病院にいって肝臓の検査をした方がいい。宇田川は、泣きながらそう付け加えた。

十時になって、下坂美樹は両親と共に出頭してきた。ひと晩こっぴどく叱られたのだろう。スッピンの両目は腫れあがり、美人が台無しになっていた。

美樹だけを取調室に案内し、隣室から宇田川の面を確認させる。

「この男で、間違いないですか」

「はい。間違いありません」

その眼は、まるで宇田川を悪事の元凶のように睨んでいた。

「……医者がどうとかいっといて、結局、ただの人殺しじゃん」

殴る、のはなんとか堪《こら》えた。だが玲子は、美樹の胸座《むなぐら》を摑むことだけは自らに許した。

「あんた、今なんていったッ」

カシミヤの、タートルニットの襟を思いきり絞り上げる。美樹は息を詰まらせ、怯《おび》えた目で玲子を見た。

「ただの人殺しだ？　だったらアンタは何。あんたは人殺しの上に、薄汚れた売春婦でしょうがッ」

北原に割り込まれ、玲子は仕方なく手を放した。美樹はよろけ、後ろの壁にもたれかかった。

「あ、あた、あ、あたしは……」

「人殺しなんてしてない？　いいえ、違うわ。あんたは立派な人殺しよ。法律で禁じられた薬物を他人に与えたでしょうが。いい？　あんたはやらなかったかもしれないけど、興味本位でクスリに手を出すバカはいくらだっているのよ。それを承知で渡したあんたは、たとえ今回みたいな特殊なケースでないにしろ、薬物中毒で死亡するよう仕向けたのと同じことなのよッ」

美樹は、そんな、と怯えの色を強くした。

「裁判でどう転ぶかなんて知ったこっちゃないわ。あたしは今あんたと、人間としての話をしてるのよ。あんたらみたいなガキは、アメリカじゃ幾つもの州でマリファナが合法化されてるとか、ラリって危険なのは酒だってクスリだって一緒だとかもっともらしいこというけど、合法化されてない日本でやったら違法だってことに変わりはないのよ。

大体ね、深入りしなけりゃ自分の意思でいつでもやめられるとかいっといて、本当にクスリやめられた人間なんて一人もいないんだからね。原則としての法律が守れない最低の人間に、自分の中のどうにでもなる決め事なんて守れるはずがないのよッ」

へたり込んだ美樹の前にひざまずき、玲子は再び胸座を摑んだ。北原は玲子の怒声に気圧《けお》されたか、一歩下がったまま固まっていた。

「最初の一歩を踏み違えた人間は、とことんドン底まで堕ちるの。はっきりいって、クスリをやめるなんてことはできないのよ。その日、その週、その月、その年、手を出さずに我慢したところで、ここッ」

美樹のこめかみを指で強く突く。

「脳みそは死ぬまでその快楽を憶《おぼ》えてんのよ。やりたくてやりたくて、盗んだって殺したってクスリが欲しくて堪《たま》んなくなるの。財産を失って家族を失って、反省して自殺しようって思ったその直後に、だったら最後にもう一本打ってから死のうって、そう考えさせるのがクスリなのよ」

怯え、涙を流し、美樹は意味不明な声を漏らしながらかぶりを振った。

「何よ。自分はやってないから無実だっていいたいの？　寝ぼけたこといってんじゃないわよ。自分でやらないで他人に撒き散らす方が、どれだけ罪が重いか考えなさいッ」

脇に引きつけた拳を、玲子は思いきり突き出した。怒りの塊は唸りをあげ、美樹の耳の、すぐ後ろの壁に激突した。悲鳴をあげ、直後に美樹は、デニムの股間を黒々と濡らした。

「舐めんじゃないわよ」

玲子は乱暴にドアを開けて廊下に出た。

最初は、ゆっくり歩いていた。が、そのうち小走りになった。五階の医務室に着く頃には悲鳴をあげていた。先生に「折れてるかも」といわれたときには、もう半ベソ状態になっていた。

い、痛い――。

包帯を巻いて美樹の前に出ることだけは避けたい。どうにかならないものか。治療を受ける間、玲子はそればかりを考えていた。

せめて、左にしておけばよかった。

教訓。キレても絶対に、右では壁を殴らないこと。

シンメトリー

椅子から立ち、パーテーション越しに隣を覗く。佐藤《さとう》氏は食事中。今夜はカレーライス。見るべき均衡はない。

ノックをするとヘッドホンをはずし、ようやくこっちを見上げる。曇ったメガネ。たっぷりと汗を含んだ黒い髪。脂の浮いた白い肌。色褪せたプリントTシャツ。

「……ああ、どうも」

「お久し振りです。お元気でしたか」

続けてこの前の礼をいうと、佐藤氏は「いえいえ」と、プラスチックのスプーンごと手を振った。モニターに何か撥ねた。カレーの飯粒。

「こっちこそ、かえってひと晩、助かりました」

「そうですか。それはよかった……じゃあ」

もう一度お辞儀をし、ブースを出る。

それとなく店内を見回す。今夜の入りは八割。「八」「8」。小さな均衡を見出す。

ブースとブースの間を進む。嗅ぎ慣れた臭気。タバコ、カップ麺、コーヒー、雑多な体臭。湿度は高く、酸素は薄い。温度は低め。照明は暗め。マウスのクリック音。ヘッドホンから漏れるアニメ声。店のBGMは有線放送。スラッシュメタル。

「……A8ですが、ちょっと、出てきます」

灰皿を洗っていた店員が振り返る。

「ああ、いってらっしゃい……貴重品、お忘れなく」

汚れたパンツ、シャツ、ズボン、携帯の充電器。欲しがる人がいるなら、くれてやってもいい。

「いってきます」

店のガラスドアを押し開ける。雑居ビルの内廊下。蛍光灯の青い明かり。隣の旅行会社はとっくに営業を終えている。

階段を下り、ビルを出たら商店街。夏と秋が入れ替わるときの匂い。すっと鼻が通る感覚。居酒屋とゲームセンター、コンビニ以外は閉まっている。ハンバーガーショップ前のゴミ。

電柱に片足を上げる野良犬。携帯で喋る、若い、野良女。バイクにまたがった仲間と喋る野良少年。短い髪。夜でもサングラス。肩の刺青《いれずみ》。刺々《とげとげ》しい太陽の絵柄。野良デブ。

大通りに出る。まだ車の往来は多い。ヘッドライトが迫ってくる。

あの夜の記憶。列車の前照灯。線路上の影。究極の均衡。思い起こすだけで、射精にも似た快楽が体内を駆け巡る。

空気が変わっている。排ガス含みの夜風。商店街の喧騒が失《う》せ、エンジンとタイヤの音が右耳を満たす。左耳には風の音。

歩く。ひたすら、夜空に向かって。そうだ、あそこへいこう。あの娘《こ》が待っている、あの場所へ。

大通りから左に折れ、仄暗《ほのぐら》い坂道を下っていく。ゆるく、長い坂だ。寝静まった学校。寝静まった住宅。寝静まった蕎麦屋《そばや》。燦然《さんぜん》と輝く自動販売機。ここにも見るべき均衡はない。

誰もいない公園の真ん中を突っ切る。溶け出しそうな黒い茂み。黒い木陰。中心にある電灯。舞い踊る蛾。よく見れば柱に数匹止まっている。目玉模様。小さな均衡。

公園を出ると、今度は上り坂。ゆるく、真っ直ぐ、灰色の夜空へと続いている。

対向二車線の道路。洒落《しゃれ》た鋳物《いもの》のガードレール。石畳の歩道。黒い植え込み。車はしばらくきそうにない。

車道に出て、中央線上に立つ。美しき均衡を期待して坂を見上げたが、右側の車線にヘッドライトが現われ、台無しになった。諦めて渡りきる。ガードレールをまたぎ、向かいの歩道に上がる。

坂の頂上は陸橋になっている。下にはＪＲ某線の線路がある。

陸橋の真ん中辺りまでいき、立ち止まる。金網から下を覗く。暗いが、しばらく目を凝《こ》らしていれば、鈍く光る二本の線路が見えてくる。上りと下りの、ちょうど真ん中に自分が浮かぶよう、位置を微調整する。

あの夜の高揚感を、暗闇に探す。

前照灯が、現場を白く染めながら近づいてくる。浮かび上がる黒い頭、丸い背中、太い四肢。耳をつんざくような警笛。腹の底から、土石流の如く湧きあがってくる、笑い、笑い、笑い――。

「……やっぱり、こちらでしたか」

ふいに声がし、振り返ると、背の高い女が一人、そこに立っていた。いつから見られていたのだろう。ひょっとして自分は、実際に声を出し、腹を抱え、笑っていたのだろうか。だとしたら、マズい。

「ああ、どうも……何か、ご用ですか」

「ええ。またお話を伺いたいと思って、先ほどお店の方をお訪ねしたんです。でも、つい今し方、出ていかれたとお聞きしましたので。だったら、ここかな……と」

上り列車が近づいてくる。強烈な光の束。実感する風圧。

白く、女の顔が浮かぶ。柔和な笑み。風に煽られ、セミロングの髪が夜空に舞い上がる。バッグを持っていない方の手で耳の辺りを押さえると、髪はすぐ、もとの形に落ち着いた。

「なぜ……ここだと、分かったんですか」

電車が去り、明かりが遠ざかると、また女の表情は分からなくなった。だが網膜には焼きついている。すべてを見通す、予言者のような目。濃いめの口紅で縁取られた唇。発せられる言葉。言霊《ことだま》。知的、というだけでは片づけられない、何か。

「私だったら、そうするだろうと、思ったから」

黙っていると、彼女は欄干《らんかん》に近づき、転落防止用に設置された金網を、両手で摑んだ。ガシャンと、音がするほど大きく揺する。手だけでなく、体全体の力を使って揺さぶる。

「……私が犯人だったら、こんな夜は、現場を見たくて仕方なくなるだろうって……そう、思ったから」

えらく喉が渇く。息をするだけで、気道が乾燥していく。潰されそうになる。

誰か、助けてくれ――。

毎朝会うのに名前すら知らない。まあ、世間ではよくあることだ。

「おはようございます」

こちらは、それなりの信念を持って声かけをしている。自動改札が当たり前になり、期限切れの定期券を使っている客も、キセルや無賃乗車などの違反も格段に少なくなった。主な仕事といえば、何らかの理由でゲートに弾《はじ》かれた客への応対。だがそんなのは、百人に一人いるかいないかだ。

やることのなくなった駅員は、自然と声かけをするようになった。通勤、通学。これから一日を始められる皆様に、少しでも元気をお分けしたい、などというおこがましい考えとは少し違った。むしろ、この仕事がサービス業であることに気づいた。その方が、心境としては近かったと思う。あるいは、退屈な業務に何かしらのやり甲斐を見出したかった、とか。

声が返ってくる確率は一パーセント以下だ。だが徒労とは思わなかった。はっと顔を上げてくれる人がいる。それだけでよかった。会釈に似た瞬《まばた》きを返してくれる人がいる。充分だった。

「おはようございます」

彼女も改札を通る際、目で反応するタイプの客だった。都心部にある私立女子高の生徒。小柄な娘だった。玩具のような、水色のフレームの眼鏡がよく似合っていた。彼女も恋をしたら、コンタクトレンズに替えてしまうのだろうか。そんな想像をするのも、密かな楽しみであった。

そんな彼女がある日の夕方、今にも泣き出しそうな顔で駅員室に入ってきた。

「定期、落としちゃったみたいなんです。まだ、買ったばかりだったのに……」

その騒ぎで名前を知ることができた。小川実春《おがわみはる》。実る春。素敵な名前だと思った。ちなみにこのとき失《な》くした定期券は、結局発見されなかった。

たった一つのきっかけで、人間関係なんてものは変わる。それ以後、彼女は声に出して挨拶を返してくれるようになった。

「おはようございます」

「あっ、おはようございます」

再発行された定期券をこちらに見せ、にっこりと笑う。今どきの若者、今どきの高校生、捨てたもんじゃないよと、思うことは多い。むしろ、なんでもかんでも「今どき」でひと括《くく》りにする年寄りにだけはなりたくないと思う。想像力の欠片《かけら》もなく、ただ過去を美化することで自己正当化を図ろうとする人間にだけは。

夕方のホーム整理に当たっているときに、たまたま彼女が帰ってくるという偶然も何度かあった。

「お帰りなさい」

「ああ……ただいま」

何やら、表情が弱々しい。

「どうかした？ 具合でも悪いの」

すると、なんでもないとかぶりを振る。

「……部活で怪我してたとこ、いま、ドアの横にある、あの、摑まる棒に、ガシッて、ぶつけちゃって」

「部活って？」

「卓球部……卓球台の角に、肘を、ガンッ、て」

おっとりした娘だと思っていたので、卓球というのは意外だった。ただ「ガシッ」とか「ガンッ」とかいうときは、その表情も声も相応に険《けわ》しくなる。高校生らしい、尖った部分を垣間《かいま》見た気がした。

「あの棒で肋骨折る人もいるから、気をつけてね」

「ロッコツ？」

「ここら辺。あばら骨。ラッシュで押されたり、こう、脇が空いたときに、たまたま当たっちゃったり」

「ああ、なるほど……気をつけます」

お辞儀をし、出口の方に歩き出す。トコトコッと階段を下り、改札を通っていく。その後ろ姿をなんとなく、いつまでも目で追っていた。恋などというものでは、断じてなかった。ただ、見守りたい。そう思っていた。


よく晴れた、冬の朝だった。

「おはようございます」

寒くなると、人々の反応はさらに鈍くなる。致し方ないことだ。だが、今でも鮮明に覚えている。紺色のダッフルコート。薄紫のマフラー。白い息。あの朝の彼女は、他の誰よりも元気に挨拶を返してくれた。

「おはようございますッ」

何かいいことがあったのだろうか。気合いの入るイベントか何かが、学校であるのだろうか。それとも、この先で乗り継ぐ電車の中で、素敵な男子学生でも見つけたのだろうか。

「いってらっしゃい」

いずれにせよ、こっちとしては見送るだけだ。今日という日を、まずは無事に、できることならば楽しく、健《すこ》やかに過ごしてほしい。そう願うだけだ。

彼女を乗せた電車がホームを離れていく。ゆっくりと。そして徐々に速く。

その朝は、特にダイヤの乱れもなかった。すべてが平常通り。いま思えば、あまりに普通すぎる朝だった。

だが突如、激しいブレーキ音と地響きが起こった。

「なんだッ」

急にホームが騒がしくなり、誰もがいま、電車が出ていった方に目を向けていた。

何事か。問うより早く、体が動き出していた。上り電車の向かった方に、足が勝手に、全速力で走り始めていた。

次の電車を待つ客を掻き分け、ホームの先端までいくと、線路の彼方《かなた》に電車の最後尾と、さらにその先に立ち昇る煙が見えた。勢いのまま飛び下り、線路を走った。

なんでもない。大したことはない。そう思いたかった。だが無理だった。何両目かは分からないが、列車が脱線しているのが目に入った。下りの線路にまで飛び出し、蛇行するようにして停まっている。

携帯電話で駅員室に連絡。ここまでなっていれば自動的に前後の列車は停止するはずだが、念のため、上り下りの全面運行停止を確認するよう要請した。詳しい状況は、まだ分からないとして切った。

ようやく最後尾車両にたどり着いた。窓を見ると、急ブレーキの衝撃で怪我をした人もいるようだったが、脱線まではしていないため、さほどパニックにはなっていなかった。冷静な乗客が、ドアを手動で開けて脱出しようと呼びかけている。

さらに進むと、脱線しているのは四両目であることが分かった。十両編成の、前から四両目。それが斜め、上り下りの両線にまたがる状態で停止している。左右は切り立ったコンクリートの壁。少し先には陸橋。線路は周りの土地よりだいぶ低い、溝のような場所を通っている。しかしその溝を、脱線した四両目が塞ぐ形で停まっている。そのため、三両目から前がどんな状態なのかは、ここからでは分からない。むしろあの陸橋に上った方がよく見えるのではないだろうか。

しかも四両目は、こちら側に傾いた状態で停まっている。ちょうど四十五度くらい。見ると、車両の傾きを支えているのは、右側のコンクリート壁の、菱形の突起部分であることが分かった。そこに車両の右角が引っかかって、かろうじて静止している。

そのときだ。コンクリートが削れ、鉄板が軋《きし》む音がした。同時に車両が、またこちら側に数センチ傾いた。

明かりの消えた車内。窓に押しつけられた乗客。低い呻《うめ》き声、甲高い悲鳴、割れんばかりの泣き声。車両中央付近の割れた窓。ぶら下がるように飛び出した上半身。紺色のダッフルコート。薄紫の、マフラー？

「実春ちゃんッ」

思わず駆け寄り、もぐり込むようにして彼女に近づいた。下半身を車内に残し、前屈のようにして上半身のみを外に出している。

気を失っているようだった。

「実春ちゃん、しっかり」

周りの人はどう思っただろうか。

駅員が、一人の女子高生の名を呼び、助け出そうとする。だが、他に助けるべき人を放置して彼女の救出に向かったわけではないとの確信は今も持っている。あの状況で、最初に救出すべきは彼女だった。そう思っている。

だが高校生とはいえ、気絶した人一人を動かすのは決して簡単なことではなかった。しかも、下半身が何かに引っかかっている。いくら引っぱってもダッフルコートが脱げそうになるだけで、彼女自身は一ミリも外には出てこない。

むしろ彼女を引っぱるたびに、数ミリずつ、車両がこっち側に倒れてくるように感じた。

実際、よせ、やめろと怒鳴る乗客もいた。だが途中でやめることはできなかった。やめたら車両が完全に横転したとき、彼女は——。

その瞬間は、思いのほか早く訪れた。

傾きを支えていたコンクリートの突起が砕け、車両右角が金切り音をたてながら、壁面を引っ掻いて動き始めた。

「あんたアーッ、逃げろォーッ」

そういってくれる人もいた。だが、諦められなかった。

「危なアーいッ」

誰かに羽交締《はがいじ》めにされ、真後ろに引っぱられた。最後まで右手で、彼女の左手を握っていた。

「実春ちゃ……」

数秒後、目の前を、車両の屋根が塞いだ。

右肘の辺りに衝撃を受けた。腕が潰れた、というより、バットか何かで殴られたような、そんな痛覚だったように、記憶している。

むしろ、熱——。

下敷きになった人体が飛び散るときに放出する熱を、顔面に浴びた。そのことの方が、当時はよほどショックだった。

三、四日は、ぼんやりと病院の天井を見上げていただけだった。新聞を読み、事故原因を知ったのは一週間ほど経った頃だった。

【今月二十一日、東京都北区でJR＊＊線が乗用車に接触、脱線、横転した事故で、二十七日、重体だった会社員、横山友紀《よこやまゆき》さん（29）が亡くなり、これで乗務員を合わせると死者は百二人となった。負傷者は重軽傷合わせて四百二十五人。

警視庁王子警察署の調べにより、事故原因である車を運転していた米田靖史《よねだやすし》容疑者（39）は、事故当日の朝五時まで北区赤羽の友人宅で、ウィスキーをボトル一本半飲むなど多量のアルコールを摂取しており、三時間ほど仮眠したあと車を運転して自宅に向かう途中、事故を起こしたことが分かっている。米田容疑者は「遮断機が下りていることに気づかなかった」と供述しているが、踏切前で一時停止し、しばらく経ってから線路内に進入したとの目撃証言もある。

警視庁と運輸省の事故調査委員会は、JR東日本の安全管理に問題がなかったかについても調査した上で、米田容疑者の業務上過失致死傷容疑での立件を目指している。】

米田、靖史――。

新聞を持つ左腕が震え、やがてそれは全身へと広がっていった。

叫ぶと、看護師が飛んできた。さらに悲鳴をあげると、担当医が血相を変えて駆けつけた。

白い天井に赤い渦が巻いた。その中心から黒い液体があふれ出てきた。全身に浴びる。頭の天辺から爪先まで、全身黒でずぶ濡れだ。濃密な血の臭い。ぬめり。拭《ぬぐ》っても拭っても、黒い血が顔から離れない——。


入院が長引いたのは、怪我の回復云々より、精神の不安定が原因だった。

米田靖史。

その名前を思い出すだけで、全身が汗でびっしょりと濡れる。

供述をしたというくらいだから、奴は、生きているのだ。百人からの命を奪ったというのに、四百人以上に怪我を負わせたというのに、それでも罪は「業務上過失致死傷」に留まろうとしている。

当時はまだ「危険運転致死傷罪」というのがなかった。それができたのは、米田が服役して何年かしてからのことだ。

退院後、ＪＲには退職の意思を伝えた。体が不自由になっても、できる仕事はたくさんあると慰留された。だが、断った。ありがたい話だったが、自分自身が、もう毎日線路を見て働く気になど、とてもなれそうになかった。

その代わり、保険だのなんとか補償だの、退職金だのをたくさんもらって退社した。しばらくは何もしないで、貯金を取り崩して生活していくつもりだった。米田の裁判の行方を睨みながら、ただひたすら、この命を明日に繋ぐことだけを考えていた。

裁判はその年の冬に結審し、米田は業務上過失致死傷罪としては最も重い、懲役五年の刑に服することになった。だが、それでもたったの五年。百人殺しておいて、たったの五年だ。

検察側も、一度は汽車転覆致死罪での立件を考えたが被告の故意が立証できず、また事故後の測定では呼気中のアルコール濃度も基準値を下回っていたため、結局は業務上過失致死傷罪で争うしかなかったようだ。弁護側も、業過致死なら御《おん》の字《じ》だと思ったのだろう。公判ではほとんど争う姿勢を見せなかった。

懲役五年の実刑判決。求刑からすれば満点の量刑としかいいようがないのだが、被害者及び遺族側の心情が満足にほど遠いものだったことも、また事実だった。

これまでも、過失による死亡事故は量刑が甘いといわれ続けてきたが、まさか、それが自分の身に直接降りかかってくるとは思ってもみなかった。そうか、これか。これが業務上過失致死という悪法の弊害か。

小川実春の家にも、何度か足を運んだ。最後まで実春を助けようとしてくださった駅員さんというのは、あなたですか、と訊かれ、「はい」とは答えづらかったが、それとなく頷いてはおいた。聞けば彼女は一人っ子だったという。両親の落胆は、もう表現のしようもないほどだった。だが、強《し》いていうならば「無」だろうか。もはや「生」も「死」もない、抜け殻のような存在に、当時は見えた。

ただ、そんな心の中にも、憎しみだけはまだ強く、色濃く、残っているようだった。

「……殺してやりたいです……この手で」

一人の被害者につき、一体何人ずつ、こんな恨みを持つ遺族がいるのだろう。両親で二人。兄弟姉妹がいれば三人以上。祖父母がいれば五人以上。被害者に妻子がいる場合だってあったはずだ。それが、百人以上。ざっと三百人だろうか、五百人だろうか。あるいは友人を入れたら千人以上だろうか。とにかく、それほどの人数が米田靖史の死を心から望んでいる。この手で殺してやりたいと、いや絶対に殺すと、心に決めている。

二度裁判を傍聴した際に、直接米田を見ている。嫌な顔をした男だった。眠そうな二重瞼が、なんともふてぶてしく見えた。しかも太っていた。あの体で、ボトル一本半のウィスキーを飲んで、線路に突っ込んだのか。いっそ車ではなくて、徒歩で入ってグチャグチャに轢《ひ》き殺されればよかったのだ。そして米田の家族も、ＪＲから請求される億単位の損害賠償に苦しんで、全員首でも括ればよかったのだ。

なのに、米田の車は後ろ半分を一両目に踏み潰されただけ。前半分は五十メートルにわたって引きずられたのみ。米田自身は胸部と頭部を骨折したが命には別状なし。裁判が始まる頃にはすっかり元気になっていた。

百人もの人が、亡くなったというのに。

実春はもう、二度と戻ってこないというのに。

この右腕は、肘から先が、失くなったままだというのに。

退職と同時にＪＲの寮を出たため、以後は住所不定になった。この体では雇ってくれるところもなかなかなく、結局、貯金を取り崩して食い繋ぐという暮らしが続いた。

この命をかろうじて現世に繋ぎ止めていたのは、ひとえに米田に対する憎しみではなかっただろうかと思う。奴を亡き者にしたい。それだけが望みだったといっても過言ではない。

だが、具体的に何をしたらいいのかは、よく分からなかった。

とりあえず情報収集のため、インターネットカフェに入り浸るようになった。駅員時代はあまりパソコンなど弄《いじ》ったことがなかったが、やってみるとこれが案外面白かった。情報収集における有効性云々は別にして、暇だけは大いに潰せた。

時間が経つのを忘れ、超過料金をとられることが多くなった。まもなく長時間コースを利用するようになり、終《しま》いにはほとんど居住するような状態にまでなった。自慢ではないが、最近でいうところの「ネットカフェ難民」の走りだったのではないかと思う。

ネット上には様々な情報があげられていた。米田に関するものも決して少なくなかった。過去に関する事柄から、現在服役している刑務所まで。

十代の頃の米田は暴走族のメンバーで、十九歳のときに先輩に誘われ、とある右翼団体に所属するようになった。その後、団体そのものが大和会《やまとかい》系の暴力団に吸収されるが、二十代半ばでその組から破門。以後は街金の下働きのようなことをしながら、金ができると飲み屋を始めたり、服屋をやってみたりしていたそうだ。まあ、どこまで本当かは分からないが。

ただ裁判以降のことは全体的に、なんとなく信憑性《しんぴょうせい》が高いように読みとれた。自分で見聞きした公判の様子に極めて近い記述や、米田の服装が細部まで克明に、かつ正確に記されているページもあった。

書いたのは被害者、あるいは遺族なのだろうと思った。

実際に裁判に足を運んだ被害者や遺族が、メディアの拾わない部分まで事細かく書き記し、ネット上にあげ、あの事件を過去のものにすまいとしているのだ。

米田についた弁護士の友人、という人物の書き込みもあった。

米田は鼻持ちならない、どうしようもない人格破綻者である。被害者にも遺族にも、今なおまったく詫びる気持ちはない。それどころか、危険運転致死傷罪の施行前でよかった、五年で出られるなんて「チョーラッキー」と笑っていた――。

また別のページには、服役している刑務所名が書かれていた。内部でどのように過ごしていて、仮出所がいつ頃になるのかという話まで載っていた。どれも、腹の立つ話ばかりだった。


事故から三年が過ぎた、やはり冬のある日。

なんとなく足が向き、米田が服役しているという噂の刑務所まできてしまった。すると驚いたことに、あの小川実春の父親も刑務所の前にきていた。

「小川さん」

振り返った彼も、驚いた顔をした。

「あ、あなたは……」

どうやら、覚えていてくれたようだ。

「……ご無沙汰しております」

「こちらこそ、ご無沙汰しております。あれから、どうしていらしたのですか。『被害者と遺族の会』で、何度もあなたに連絡をとろうとしたのですが、連絡先が分からなくて」

それについては、簡単に詫びてすませた。だが彼は、もっと話がしたい様子だった。駅の方まで戻って、あたたかいものでも飲みませんかといわれ、少し迷ったが、結局その誘いに乗ることにした。

二人で駅まで歩き、都内ではまず入ろうとも思わないであろう、ひなびた喫茶店の窓際に席をとった。コーヒーをそれぞれ注文し、改めてお辞儀などした。少々照れ臭かった。

米田の裁判以来ですね。そんな言葉をとっかかりに、互いに近況を語り始めた。

「実春が亡くなって、しばらくは、何をする気も起こりませんでした……幸い、会社の方は気長に待ってくれましたんで、復職することができましたが、でもやはり、以前のまま、元通りとはいきませんで……そちらは、いかがですか」

仕事はしていない、いわゆる「ネットカフェ難民」だと冗談めかしていってみたが、彼は笑わなかった。もし任せてもらえるなら、仕事を紹介できるかもしれない、といわれた。

だが、丁重にお断りした。その気があるなら、そもそもJRを辞めたりしない。

「駄目なんです……いろんなものが、怖くて」

「と、おっしゃいますと」

「まず、電車は怖いです。乗れません。今日も無理やり、バスだけを乗り継いでここまできました。バスなら平気かって、そういうわけでも、ないんですけど……それから、線路……渡れないというほどではないんですが、やはり怖いです。あと、せまいところも怖いです。左右がコンクリートになっている、あの現場みたいなところが……だから、路地が嫌いです。それと、交番くらいの、小さめの建物も。急に、倒れてくるんじゃないかって、なんとなく……」

だが、右腕を潰されたからそういうものが怖くなったのかというと、それだけではない。その先にいたはずの、守りたかった存在。それが、わずかばかりの熱になって、飛び散った。むしろそれを思い出すのが、今は怖くて仕方ない。

しかも、一度思い出し始めたら止まらなくなる。そこここに赤い渦が巻き始めて、中心から黒いものが湧き出してくる。コールタールのように重く、粘っこく、四肢に絡みついて、身動きがとれなくなる。そんなときは、失くしたはずの右腕も戻っている。だが、動かない。無理に引っぱると、終いには千切れる。何が。千切れたのは、実春の腕だ。ないはずの右手で、実春の片腕を持って、線路際を歩いている。すると、轟音《ごうおん》と地響きが連続して、次々と、列車が横倒しになっていく。その下から、また黒いものが染み出してくる。地面を徐々に、黒いものが覆っていく。その先に誰かが立っている。

派手なシャツを着た、デブ。米田――。

殺してやる。そう叫びながら、駆けているつもりだった。実際足は動いているし、距離も縮まってきている。失くしたはずの右手で、出刃包丁も握っている。でも、もっと近づかなければ。もっと近くまでいかなければ殺せない。至近距離までは、なかなか近づけない。

そのうち足をすべらせ、尻餅をついてしまう。起き上がろうとしても、ついた手がすべる。やがてまた、全身が真っ黒になる。しかも熱い。熱い、熱い、体中が、熱い――。

「……大丈夫ですか」

そのひと言で、急に、現実世界に引き戻された。

「あ、ええ……大丈夫です」

自分はどうなってしまったのか、何かいっていなかったか、訊いてみた。

「いえ、ただ……アツイ、アツイと、小さな声で」

叫び出さなかっただけよかった。

小川氏は、気遣《きづか》うようにこっちを覗き込んだ。もうあまり、時間はない気がした。できるだけ有益な情報を、彼から引き出さなければならない。

まず訊いたのは、米田は本当に、あの刑務所にいるのかということだった。小川氏は、いると断言した。

「我々『被害者と遺族の会』は、米田の様々な情報を入手しています。出所後に頼るであろう親、親戚、友人、いきそうな場所、立ち寄りそうな店。むろん、いつ頃出所してくるかというのにも、目を光らせています。……ご存じでしたか。彼は民事でも負けて、出所後は賠償金や慰謝料を含めると、八億六千万円もの支払いをしなければならない立場なんですよ」

一瞬、梯子《はしご》を踏み外したような、妙な浮遊感に襲われた。「被害者と遺族の会」は、米田にできるだけ長生きしてもらい、奴から一円でも多く毟《むし》りとりたいのだろうか。米田の賠償金や慰謝料を当てにして、治療や生活をしている人は、どれくらいいるのだろうか。

だがどうも、そうでもないようだった。

「……いっそ、病気か何かで、死んでくれるといいんですがね。そうなれば、奴にかけられた生命保険が、奴の親を通じて、会に入ることになる。……いや、うちなんかはね、別にいいんです。でも、一家の大黒柱を亡くされたご家庭も、働けなくなるような重傷を負った方も、たくさんいらっしゃるわけですよ。そんな方々に、私は、死んで詫びろと、そういたいですよ……あ、自殺は、駄目だったかな」

すかさず、こう訊いた。

殺したらどうなるのか、と。

小川氏は、苦笑いを浮かべて答えた。

遺族、あるいはその関係者が殺害に関与したとなると、保険金は下りないでしょうね、と。


以後はもう憑《つ》かれたように、米田殺害についてばかり考える日々になった。

米田がいつ出てくるかは、小川氏を通じて知ることができる。出所後の住所も分かるはずだ。何より好都合だったのは、自分が住所不定の、身元不明者だということだ。現行犯逮捕さえされなければ、このあやふやな身分がやがて武器になる。そうか、自分はこのためにこの生活をしてきたのかと、初めて合点がいった気がした。

具体的な殺害方法を考えていると、自分が、世界の表と裏、社会の日向《ひなた》と闇の部分を、自由に行き来している気分になった。

やがて、米田は出所してきた。最後まで仮出所は認められず、五年の刑期満了を待ってのことだった。出所後の住所は茨城。だが月に一回、「被害者と遺族の会」の会合に出席するよう要請されていた。慰謝料と賠償金の支払いについて話し合うためだが、米田はなかなかこれに応じなかった。当然といえば当然だが、「会」はこの米田の態度に強い不快感を示した。

職場への電話。住居への訪問。転職しても引っ越しても、「会」は必ず米田の行き先を突き止めた。そして電話、訪問。さすがの米田も、この「会」の執念には辟易《へきえき》したようだった。

出所後半年にして、初めての会合出席。だがそこで米田が見せたのは、「払えるわけねえだろ」という開き直りの態度だったという。

会合に出なければ電話攻勢が止まないので、米田は、渋々ではあるが毎回出てくるようになった。だが開き直りの態度は一向に改まらない。「会」の怒りは、回を追うごとにむしろ強まっていった。

米田の会合出席後の行動は、いつも決まっていた。

車も運転免許もない、かといって余分な金もない米田は、最寄り駅から電車に乗る。かつて実春を含む多くの被害者が利用し、また自分の勤め先でもあったあの駅から、あろうことか憎き米田が、自ら転覆、横転させた、あのＪＲ某線に乗るのだ。幸いにというべきか、米田の退出後も話し合いを続けている「会」の人たちは、このことを知らない。狙うならここだろう。そう思った。

米田が出席する四回目の会合に合わせてアリバイを作り、その帰り道で待ち伏せをした。駅に近づいた辺りで、米田の携帯に電話を入れた。使用したのは秋葉原で購入した、俗に「飛ばし」と呼ばれる所持者不明の携帯電話だ。

米田には、「被害者と遺族の会」の会員である小川氏の秘密を知っている、と持ちかけた。これを知れば、今後あの「会」との面倒は避けられるようになるだろう、と。米田は疑った。狙いはなんだと。金ならないぞ。そうもいわれた。

こちらの目的は金ではない。少しだけあなたに協力してもらいたいことがあるのだ、と続けた。だから、会って話をしたい、と。

米田は乗った。こちらの指示通り、線路沿いの道を、あの事故の起こった踏切に向かって歩き始めた。

あとは簡単だった。

話をする振りをして正面に立つ。辺りに人の目がないことをよくよく確認し、用意しておいた出刃包丁で、心臓をひと突きする。死亡を確認したら包丁を抜き、成人用紙おむつとガムテープで止血。背負って線路内に入り、陸橋の下辺りまで運ぶ。右腕がない自分には、おそらくこんな方法が一番適している。

そして遺体を、上り線の内側線路上に、縦に置く。列車がきたら、頭から股にかけて、真っ二つに轢断《れきだん》される位置だ。

置いたら逃げる。ダイヤはちゃんと頭に入っている。次がくるまでに、まだ二分ほどあるはずだった。

踏切まで戻り、陸橋へと続く坂道を登る。体全体が、大きな一つの心臓になったようだった。鼓動のたびに、全身が膨張と収縮を繰り返す。網膜にまで血が滲んでは消える。赤い明滅。近くにパトカーでもいるのではないかと、勘違いしそうだった。

陸橋にたどり着くと、興奮は極限にまで達していた。

真上に満月。真っ直ぐ延びる二本の線路。完全なる均衡。米田の位置が中心よりやや右寄りだが、それは致し方ない。この右肘から先がないことと、差し引きゼロにしようではないか。

遥か前方に明かりが見えた。上り電車の前照灯だ。音も聞こえてくる。何も知らずに車体を揺らし、線路を踏み鳴らし——。

やがて、前照灯が放つ光の輪が、現場を侵して広がっていく。すべてを白く染めながら、抗《あらが》いようのない速度で近づいてくる。

光の中に浮かび上がる、米田の黒い頭、丸い両肩、背中、太い四肢。そんな頃になって警笛が鳴る。耳をつんざくほどに激しく。

無駄だ無駄だ。こい。そのまま轢いてしまえ。その屈強な鉄の車輪で、圧倒的な車両重量で、醜く太ったならず者を、轢いて潰して消し去ってくれ。

人身事故を目《ま》の当たりにしたことはなかったが、話は嫌というほど聞かされていた。

あの鉄の車輪と線路に嚙まれた部分は、肉も骨も、ほとんどゼロに等しくなってしまうという。つまり、そこに刺傷をもってくれば、直接の死因は不明になるというわけだ。加えて潰れなかった部分からも、勢いで大量に血が流れ出る。そのため専門家でも、轢断が生前なのか、死後なのか、なかなか判別がつきづらくなるという。

まもなく、米田の遺体はアジの開きのようになる。体の中心が、十数センチにわたってぺしゃんこになる。左右対称の、真っ二つに潰れる。

もう停まれない。列車はすぐそこまできていた。

現場が、光の輪に呑み込まれる。

あのどす黒い米田の影が、ハレーションで白く見える。

警笛が耳を、脳内を満たす。いつのまにか笑っている自分がいる。大声を上げて、腹を抱えて。だが目は釘付けになっていた。見逃してなるものかと思った。

列車はほとんどスピードを緩めることができないまま、米田の頭を踏んだ。ほぼ同時に、四肢がビクンと揺れたようにも見えたが、すぐ下敷きになってしまったのであとは分からない。

もう、陸橋からは何も見えなくなった。

笑いを堪《こら》えながら、坂の途中にある月極駐車場に移動した。草むらと金網越しに現場を覗く。もうその頃には列車も停止していた。奇しくも、米田の遺体の上にあるのは四両目の車両だった。

懐中電灯を持った運転士が駆けつける。思いのほか彼は落ち着いており、明かりを当て、真っ二つに開いた米田を見ても、「参ったな」程度の反応しか示さなかった。

長居をして自分が逮捕されては元も子もない。もっと見ていたい気持ちはあったが、やむなくその場を離れることにした。

翌日の朝刊を見るのは実に愉快だった。

【＊＊線転覆事故の米田靖史さん　同じ現場で轢死】
【脱線事故犯　服役後に自殺か】
【事故現場で轢死　報われぬ遺族】

内容はさらに愉快だった。

【十六日午後十一時半頃、東京都北区で、ＪＲ＊＊線の線路に横たわっていた男性が列車に轢かれた。亡くなったのは米田靖史さん（45）で、同氏は六年前に同じ場所で列車転覆事故を起こし、懲役五年の実刑判決を受けて服役、十ヶ月前に出所していた。真っ二つに轢断された遺体は損傷が激しく、警視庁と王子署は自殺と他殺の両面で捜査する方針だ。】

それ以後、新聞で大きく扱われることはなかったが、一部の週刊誌は「被害者と遺族の会」に疑いの目を向けるような記事を掲載した。だが警察の調べで、「会」の全員にアリバイがあることが判明。それらの週刊誌は後日、そろって誌面に謝罪文を掲載した。

半月ほど待って小川氏に連絡を入れ、話を聞いた。すると、会員の米田事件に対する思いは様々で、大別すると清々したという者と、警察に疑われるなんて迷惑千万と怒る者とが、ちょうど半々くらいということだった。

『……ただ、奴は死んでよかった。それだけは確かだと思います。生きていてほしかったとは、誰一人思っていない。親ですら、死んだ方が世のためだといっていました。お陰で保険金も支払ってもらえる目処《めど》がついた……まあそれは、警察が事件をどう結論付けるかにもよりますがね』

警察の捜査がどうなっているのかも訊いた。

『だいぶ、難航しているようですよ。何しろ目撃者がいないみたいだから。私たちはほら、会合のあと、全員で一杯飲みにいってるから、店でのアリバイもある。互いに庇《かば》い合ってるふうに警察も見ていたんでしょうが、あいにく面白いくらい簡単に容疑は晴れました。ほんと、タイミングがよかった。これがもし他殺だったら、犯人に礼をいわなきゃなりませんよ』

それだけ聞ければ満足だった。じゃあまた、といってその電話は切った。

さらに一週間ほどした頃だったろうか。

いつものブースにいると、誰かにドアをノックされた。振り返ると、パーテーションの上から女の顔が覗いていた。背伸びでもしているのか、やけに背が高い。

「徳山和孝《とくやまかずたか》さん、ですね」

そうだと答えると、顔の横にパスケースのようなものが並んだ。警察手帳だった。

「……ちょっと、お話を聞かせていただいても、よろしいかしら」

なぜここが分かったのかは疑問だったが、あえて問うことはしなかった。

了解して立ち上がると、女はブースの前からどいた。どうやら背伸びではなく、本当に背が高いようだった。ヒールを差し引いても、たぶん百七十センチ近くはある。

先に立って店を出る。外まで出て初めて、まだ夕方なのだと気づいた。向かいの回転寿司屋の時計を覗く。四時。今年は残暑が厳しい。立っているだけで汗が湧き、流れ落ちてくる。

「そこの喫茶店でいかがかしら」

だが女は、いたって涼しげな様子だった。

「……はい」

入ったのは、大手チェーンのコーヒーショップだった。

窓際の席に、オーダーしたアイスコーヒーのグラスが二つ並ぶ。

その横に、彼女は名刺を添えた。

「姫川と申します」

警視庁刑事部捜査第一課、主任とある。階級は警部補。若く見えるが案外偉いようだ。キャリアというやつだろうか。

整っている、といっていい部類の顔をしていた。特に、左右の目の大きさが均等なのに驚かされた。輪郭にも大きな歪みはない。では耳はどうか。非常に気になったが、セミロングの髪に隠れていて残念ながら見えない。

「私の顔に、何か？」

たぶん彼女は、自分が美人だから見惚れられた、と勘違いしたのだろう。それならそれで、別にかまわないが。

「いえ、何も」

「そうですか。では早速……」

彼女の話は単刀直入だった。

六年前に起こった列車転覆事故の加害者、米田靖史が殺された。そのときあなたはどこにいましたか。何をしていましたか。それを証明してくれる人はいますか。

あの店にいました。店員に会計記録を見せてもらえば確認できるでしょう。会員番号はこれです。一四六二。

「……そもそも、米田って殺されたんですか」

そう訊くと彼女は小首を傾げ、やや濃いめの口紅で縁取った唇を、平たく笑いの形にしてみせた。

「あら……私、殺されたなんて、いったかしら」

「ええ。そういいましたよ」

「ごめんなさい。うっかりしてました」

だが、自殺との両面で調べている、とはいわない。ストローを銜え、ゆっくりとひと口吸う。

頷くようにして、そのひと口を喉に流し込む。薄い肌の向こうで、咽頭が控えめに上下する。

「……どう思われました？　米田が、死んだと知ったとき」

「ああ、死んだか、って、思いました」

「清々しました？」

これは、頷いていいのだろうか、マズいのだろうか。

「ええ、まあ……こんな体にした、張本人ですからね」

剝き出しの、丸い右肘を見せてやる。

「そうですよね。百人からの方が、あの事故で亡くなったんですもんね……米田についての悪い噂は、いろいろと聞いています。死に方としては、かなり惨い部類に入るかと思いますけど、まあ、無理もないかな、とは思いますね……罰が当たったんだと、思います。正直なところ」

黙って、頷いておく。

「すっきりしました？」

さっきは、清々したかと訊いた。何か、意味が違うのだろうか。

「ええ……そう、ですね」

「同じ場所で、しかも列車に轢かれてですもんね。被害者の方からしたら、こんなに気の晴れる死に方って、ないですよね」

「何が、仰りたいんですか」

「気は晴れました？」

「何がですか」

右手を拝むように立て、伏せた左手の甲に、切るように滑らせる。手首から、指先へ。轢断の意味らしい。

「……こういう、死に方で」

「別に、どんな死に方だっていいですよ、そんなの」

「そんなことはないでしょう。睡眠薬で苦しまないで、とか、誰も知らない山中でこっそり首吊り、じゃなくて、あの場所で、あの死に方ってのに、やっぱり、意味があるわけでしょう」

両手で何度も、轢断の動作を繰り返す。

ここであまり反抗すると、逆に疑われはしないか。適当に乗っておいた方が自然ではないか。

「そりゃ、あんな干物みたいになって、死んだわけですから……笑えるっていうか、なんていうか……無様《ぶざま》では、ありますよね。死んでくれて、よかったって思いは、ありますよ……正直なところ」

「ですよね」

そういって彼女は、残りのアイスコーヒーを一気に飲み干した。


その翌日の夜だ。陸橋で声をかけられたのは。

なぜ自分がここにいると分かったのか。そう尋ねると、彼女は欄干の金網を激しく揺さぶり、こう答えた。

「……私が犯人だったら、こんな夜は、現場を見たくて仕方なくなるだろうって……そう、思ったから」

鼓動の一拍一拍が、爆撃音のように、体内に轟《とどろ》いた。

私が犯人だったら、こんな夜は、現場を見たくなる？　ということは、つまりこの女は、ここを見にきた自分こそが犯人であると、そう考えているわけか——。

「……どういう、意味ですか……それは」

金網を摑んだまま、こっちを一瞥する。

「どうもこうも、米田殺しの犯人は……徳山和孝さん、あなただって、そういう意味よ」

右肘から先を失ったときのように、両膝から下も消失してしまうような、そんな幻覚に見舞われる。

「馬鹿な……そんな、何を、根拠に」

「根拠？　だって、あなたにはそもそも、アリバイがないでしょう」

嘘だ。あの夜はちゃんと、自分の会員証で、佐藤氏に身代わり入店をしてもらって、ずっと、いつものブースにいてもらって、店員なんてどうせ、客の顔と、会員番号までは――。

「身代わりの件なら、防犯カメラの映像で確認済みよ。あの夜、あなたの会員証を使って入店したのは、あなたではなくて、佐藤陽介《ようすけ》さんでしょう」

そんな、だって――。

「何を、そんな、適当な……防犯カメラなんて、あの店には、ないじゃないか」

「ええ。あのお店には確かにありません。でも、お隣の旅行代理店のカメラに、ちゃんと映ってるんですよ。あなたの会員証で入店手続きのあった、夜九時五十七分。その前三十分まで範囲を広げても、あの時間にあの廊下を通ったのは、たったの一人。それが、佐藤陽介さん。さきほどご本人にも確認しました。ひと晩奢ってもらう約束で、会員証を使ってあげました、と、仰ってました」

だが、しかし——。

「だからって、私が、米田を殺したことにはならない」

「そう、アリバイと殺害は別問題です。でも、あなたは昨日、私にいいましたよね。米田は、干物みたいになって死んだ、って。……それって、どこでご覧になったのかしら」

いっている意味が、分からない——。

「ど、どこって……新聞で」

「新聞に写真は載ってませんよ」

「いや、文章で。……記事で、そういうふうに」

「あら、それはおかしいわ。昨日あれからもう一度、事件後に発行された新聞、雑誌、米田殺しについて触れている記事すべてを再確認したんですけど、どれも〝真っ二つ〟と書いているだけで、〝左右対称に轢断された〟とは、書いてないんですよね」

「いや、読んだよ、読んだんだよ、確かに、週刊誌か何かで」

嘘だ、そんなのは——。

「それがねえ、そういうことは、あり得ないんですよ。だって、頭から股間まで、真っ二つに轢断されたことは、警察は一切、マスコミには発表してないんですから。しかも、そういうふうに指示したの、私ですし」

いや——。

「あの轢断遺体を見たときに私、思ったんです。これは左右対称、シンメトリーであることに、異様なまでに執着のある人物の犯行なんだろうな、って。失礼ですけど、昨日その腕を向けられたときに、確信しました……犯人は、この人だなって」

地面が近づいてくる。膝が折れるのが、どうやっても防げない。かろうじて、左手を前について、上半身を支える。

女の靴。黒っぽい、茶系のパンプス。踵《かかと》は、決して高くない。

「……本当はね、米田があんな男だったから、見逃してあげたいっていう気持ちも、なくはないんですよ。でもね、うっかり〝干物〟とかいっちゃうんじゃ、たとえ私がここで見逃したとしても、他の誰かに、あとで絶対に逮捕されちゃいますよ。刑事ってみんな、そんなに馬鹿じゃないんです……で、もしそうなったら、今度は私がピンチじゃないですか。ちゃんと話を聞いたにも拘わらず、なぜ犯人だと見抜けなかったんだ、って、大目玉を喰らっちゃいます。だから、ごめんなさい。私が、逮捕します。あなたを……逮捕します」

目の前に膝を折る。女らしい、柔らかな匂いがした。手錠が、左手首に巻かれる。

そのときになって初めて気づいた。周囲には、数人の刑事らしき男たちが集まってきていた。陸橋の向こうからもくる。全部で十人くらいいる。

ようやく、合点がいった。

「……本当は、ここで会ったのは、偶然なんかじゃなくて、店から私を、つけてきたんですね」

女は、ぺろりと舌を出した。

「へへ、バレたか……。そう、私が犯人だったら、こんな夜は現場を見たくなる、っていう、あれは……嘘。ごめんなさい。ちょっと、カッコつけちゃった」

だが、不思議と腹は立たなかった。

私も、合わせて笑ってみた。

するとなんだか、少し気持ちが、楽になった気がした。

左だけ見た場合

渡辺繁《わたなべしげる》とは一体、何者なのだろう。

マル害、吉原秀一《よしわらしゅういち》の所持していた携帯電話の電話帳に、たった一人だけ登録されていた、渡辺姓の人物。だが嫌疑が生じたお陰で、かえって直接の電話はしづらくなった。犯人かもしれない人物に、いきなりコンタクトをとるのは得策ではない。

姫川玲子は所轄署の若手刑事を伴い、その登録者リストに従って聞き込み捜査を開始した。

まずは「あ行」のトップ。青木伸介《あおきしんすけ》。待ち合わせは水道橋《すいどうばし》。場外馬券場「ウインズ後楽園」の並びにある、ファミリーレストラン。

店に入ったところで登録されていた携帯番号にかけると、待合席のどこかで着信音が鳴った。

「あっ……おっ」

すぐそこにいた男が慌てた様子でポケットをまさぐり始める。メタリックブルーのスカジャンに、黒のサングラス。ポマードか何かで、ぺったりと撫《な》でつけた髪。年の頃は五十ちょい手前といった感じ。個人的には大嫌いなタイプ。

玲子は電話を切り、男の前に進み出た。

「青木伸介さん……ですか？」

男はサングラスをはずし、鳴り止んだ携帯と玲子を見比べた。

「あ、そう……うん、オレオレ。俺が、青木伸介」

そして改めて、遠慮のない視線を玲子に向ける。足元から腰、胸の辺りで一瞬止まって、肩から髪全体を舐めるように見て、最後に顔。唇を見つめながら再び口を開く。

「……へえ。綺麗なのは、声だけかと思ったら……こりゃ参ったね。いるんだね、刑事でも。あんたみたいな別嬪《べっぴん》さんが」

こんな、くたびれた昭和の遊び人みたいな男に褒められてもちっとも嬉しくはないのだが、こっちはあくまでも話を聞かせてもらう立場だ。邪険《じゃけん》にはできない。

「ありがとうございます。……青木さん、おタバコは」

案の定吸うようなので、ウェイトレスに喫煙席を用意してくれるよう頼んだ。
一、二分待って、奥まった壁際の席に案内された。
向かい合い、改めて頭を下げる。

「初めまして。警視庁捜査一課の、姫川と申します」

「高島平署《たかしまだいら》の、相楽《さがら》です」

ちなみに彼女、相楽康江《やすえ》巡査長は玲子の五つ下。先月二十五歳になったばかりだそうだ。

「はあ、ども……青木っす」

名刺はいちいち渡さない。手帳の身分証を、ほんのちょっと見せるだけですませる。

ウェイトレスが水を持ってきた。

「青木さん、お飲み物は」

「じゃあ、ホットで」

コーヒーを三つ頼み、玲子は「では早速《さっそく》」と切り出した。

「青木さんは、吉原秀一さんという方を、ご存じですよね」

「ん？　吉原……」

難しい顔をするので、マル害の顔写真を出して見せた。髪の薄い、人のよさそうな丸顔の、どこにでもいそうな中年男だ。

「ああ、シュウさんのことか。うん、知ってる知ってる。……へえ、懐かしいな。元気にしてっかな」

刑事がある人物について「知っているか」と尋ねているのだ。元気なはずがなかろう。

「吉原秀一さんは、大変残念ですが、お亡くなりになりました」

するると、初めて驚いた顔をする。

「えっ、なんで……」

その表情、その声音。決して芝居ではなさそうだった。現時点での印象は「シロ」、ということでいいと思う。

「大変申し上げづらいことですが……これは、殺人事件の捜査です。お察しください」

遊び人の態度が、急に神妙になる。

「あ、そう……そりゃ、大変だ」

コーヒーが運ばれてくる。青木は砂糖を二杯、ミルクを少しだけ入れ、二、三回掻き回して、ひと口すすった。

「……そっか。シュウさん、殺されちゃったの」

「ええ」

「なんでまた」

「我々も、今それについて調べているところです」

「そう……まあ、そりゃそうだよね……ってそれ、いつ？」

「二月十五日。一昨日の夜です」

青木はまた、そう、と溜め息交じりにいい、目を伏せた。

「……ちなみにその夜、青木さんはどちらで、何をしていらっしゃいましたか」

一瞬ハッとなったが、すぐに青木は小さく頷いた。これまでの人生で、警察に疑われた経験が少なくとも一度はあるのだろう。アリバイを尋ねられているのに、ほとんど動じた様子がない。

「一昨日の夜は、そこの……白山《はくさん》通りを渡ったとこにある、『もりもりジュージュー』ってステーキ屋の……俺そこの、コックやってんだけど、そこの厨房で、働いてたよ。店長でもホールでも、誰にでも訊いていいよ。全然、大丈夫だから。俺そういうの、慣れっこだから……。そのあと、何人かで飲みにもいったし。もう店辞めるって子がいたんで、送別会みたいな……うん」

すでに玲子は、この男の言葉に嘘はないだろう、と感じるまでになっていた。理由はない。ただ、そう感じるのだ。

だからこそ、もう少しこの男の話を聞きたいとも思う。

「吉原さんとは、どういったお付き合いでしたか」

「どういったって……馬だよ、馬。そこの馬券場で、シュウさんが俺に、赤ペン貸してくれてさ、それがきっかけよ」

「それは、いつ頃のことですか」

「んん、二年前、くらいかな……年も近かったしね。何度か顔合わせるうちに、喋るようになって、携帯番号教え合って……そこで会わなくても、ムチャクチャ勝った日は呼び出して、二人で飲んだりしたこともあったよ。人懐《ひとなつ》っこいとこ、あったしね……」

むろん玲子は、生前の吉原秀一を知らない。実際にどうだったかは分からないが、でも写真を見た印象でいえば、確かに人懐っこい感じはあるかもしれない。

「吉原さんのご職業は、ご存じでしたか」

「ああ、超能力者だろ」

それは完全なる勘違いだ。そもそも、超能力者は職業ではない。

「いえ、手品師……マジシャンです」

「いやぁ、ありゃ手品に見せかけた、超能力だよ」

駄目だ。完璧に騙されている。

「相当、お上手だったようですね」

「ああ、そりゃ見事だったよ。俺が冗談で、じゃあこのペンを浮かせて見せてくれよって渡したら、本当にテーブルから浮いたかんね。すっげーよ。ありゃ本物だよ……ってまあ、プロなんだから、当たり前っちゃ当たり前か」

そう。吉原秀一はプロのマジシャンだった。ちゃんとそれ系のプロダクションにも所属していた。ちなみに玲子は超能力も霊能力も、ついでにいえば宇宙人も幽霊も信じていない。

「吉原さんのステージをご覧になったことは」

「ステージ……は、ないね」

「では、吉原さんとはそこの馬券場で会って、たまに飲食を共にする、そういう仲だった、ということですか」

「そう括られちゃうと、なんか寂しいけど……でも、そういうことかなぁ……そういうこと、なんだろうなぁ」

　二人の関係は、大体分かった。

　玲子はバッグから一枚の紙を出して広げた。

「ちょっと、これを見ていただけますか」

　番号のところを黒く塗り潰した、吉原の携帯の電話帳リストだ。

「ここに並んでいる名前で、知っている方はいらっしゃいませんか」

　青木は眉をひそめ、リストを注視した。

　自分の名前がトップに載っているのだから、これがなんなのかはすぐに分かったはずだ。そのまま少しずつ、目線を下ろしていく。

「うーん……」

途中でいったん止まったが、勘違いだったのか、またすぐ動き出した。

最後の「渡辺繁」まで見て、かぶりを振る。

「いねえな。知らないね、誰も」

諦めきれず、玲子は最後の行を指差した。

「渡辺繁……この方も、ご存じないですか」

今一度かぶりを振る。

「知らないね。そもそも、俺とシュウさんの共通の知人なんていねえもの。まあ、たまたま俺が店の仲間と一緒にいて、そいつも交ぜて飲んだことはあったけど……ヒロシって、俺の後輩なんだけど。でもそいつとは別に、それっきりだったはずだしなぁ。ここにも載ってねえし。タニグチヒロシって……ないでしょ？」

タニグチヒロシは、ない。

ようするに、青木伸介は空振り、というわけか。

吉原秀一殺害事件は、東京都板橋区の高島平署管内で起こった。

玲子たち、刑事部捜査一課殺人班十係「姫川班」のメンバー五人が高島平署に着いたとき、同署の捜査員は聞き込み捜査に出ていて一人もいなかった。

四階の講堂に入ると、室内にはすでに会議テーブルが並べられており、上座には幹部が顔を揃えていた。

捜査一課管理官、橋爪警視。同課殺人班十係長、今泉警部。その隣にいる二人はたぶん、ここ高島平署の副署長と、刑事組織犯罪対策課長だろう。

今泉が玲子を指差す。

「座ってくれ。早速、事案について説明する」

「はい」

他には誰もいないので、玲子たちは上座の真ん前に陣取った。

今泉がホワイトボードの前に立つ。

「……昨夜、二月十五日火曜、夜十時半頃、板橋区徳丸《とくまる》一丁目、二十三の◎、宮島《みやじま》荘二階の六号室において、同室賃借人、吉原秀一、四十八歳が殺されているのが発見された。第一発見者は隣人、五号室の会社員、田山敦志《たやまあつし》、四十二歳。仕事から帰ってきた田山が、六号室のドアが開いたままになっているのを不審に思い、中を覗いたところ、発見に至った。死亡時刻は推定、夜九時前後。ちなみにマル害の職業は手品師だが、これについてはあとで」

珍しい仕事だな、と誰かが後ろで呟いた。

「死因は胸部、腹部、背中を、計九ヶ所刺されての外傷性ショック死。内一つは心臓に達しているので、これが致命傷になったと考えていいだろう。犯行現場はこう」

今泉が、あらかじめホワイトボードに描かれていた図を指し示す。

「六畳ひと間に、押し入れが一畳分。二畳半の台所と、トイレ付きユニットバス。マル害はこの、玄関を入ったところに、うつ伏せで倒れていた。飛び散った血痕の位置関係から、マル害はまず、出入り口に立つ犯人に腹を三度、胸を一度刺され、逃げようと振り返ったところ、前のめりに倒れ、腰に馬乗りになられ、さらに五回、背中を刺されたものと思われる」

かなり残忍な手口にも思えるが、だからといって犯人が凶暴な人間であると考えてはならない。むしろ臆病な人間だから、ちゃんと殺せたかどうかが分からないから、だから何度も何度も刺してしまった。そう考えた方が、おそらく現実の犯人像には近いはずだ。

「台所の床、玄関のタタキや外廊下、外階段から、犯人のものと思われる足痕《そっこん》が採取できている。また玄関の下駄箱から、マル害でも田山でもない人物の指紋が三種類、採れている。それについては現在照合中だ」

いま聞いた限りでは、犯行の手口自体は非常に素人くさい、といわざるを得ない。ということは、三つの指紋のうち一つが犯人のものである可能性も、決して低くはないと考えられる。

「それと……ここ」

今泉が再び図を示す。マル害が倒れていた位置を示す人形《ひとがた》の、ちょっと先にある、小さな四角。ちょうど台所と六畳間の境目辺りだ。

「この位置に、マル害の携帯電話が転がっていた。それには、０４５、６６６、と入力されていた。これは主に、神奈川県横浜市、中区で使われている番号だ」

玲子は、今泉が振り返るのを待って手を挙げた。

「……なんだ」

「その携帯というのは、どんな形ですか」

今泉は、自分の持っていたファイルを直接玲子に向けた。

「これだが」

ビニール袋に入った、証拠品の現物写真が貼られている。よくある折りたたみ式の、シルバーの、たぶんちょっと古い機種だ。

「これが、開いた状態で？」

「そう。開いたまま転がっていた」

「その、横浜市中区の番号は、いつ入力されたのでしょうか」

「いつ、とは?」

「刺される前か、あとなのか、ということです」

「それは」

玲子の前で資料をめくる。

「……よく分からん。まあ、気になるならあとで鑑識に確認しておくが」

「ぜひ、お願いします。……あと、その携帯のメモリーに、横浜市中区の番号は」

「それは」

また資料をめくる。

「……ない。まあ、入ってたら普通、メモリー番号から読み出してかけると思うがな」

確かに。

「仰る通りです」

つまり吉原秀一は、横浜市中区のどこかに、直接入力でかけようとしていたときに襲われ、刺され、倒れて、携帯を取り落としてしまった、ということなのだろうか。それとも、刺されてから助けを呼ぼうとして——いや。助かりたければ、普通は救急車を呼ぶ。どっちかというと東京都内では神奈川県から遠い、ここ高島平で刺されて、横浜市中区の知り合いに助けを求めるのは現実的ではない。

とすると、入力はやはり、刺される前だったと考えるべきか。


夕方六時には近隣署からの応援要員も集まり、高島平署の捜査員が戻った夜七時頃から、初回の捜査会議は始まった。参加者は四十人とちょっとだった。

そこでなされた報告のうち、気になったのは二点。

まず一つは、目撃証言。

犬の散歩をしていた近隣住民が、犯行現場近くの公園内にあるトイレの洗面所で、衣服らしきものを洗っている小柄な中年男性を見た、という話。時刻は夜十一時頃。髪は短く、白髪交じりだったが、禿げてはいなかった。横顔と腕は日に焼けていたが、ランニングシャツの肩の辺りは、わりと白かった印象がある。顔は長かった。顎がしゃくれていて、もしかしたら、ちょっと団子っ鼻だったかもしれない——。

まあ、この寒い二月の夜中に、上半身下着姿でそんなことをしていたのだから、さぞ強く印象に残ったことだろう。よって信憑性《しんぴょうせい》は、決して低くないものと考えていい。

この公園のトイレには明日、鑑識を入れるということだった。

もう一つはマル害の所属プロダクション、野村《のむら》企画で実《まこと》しやかに囁《ささや》かれている噂。マル害、吉原秀一は、実は本物の超能力者だった、という話。

彼のやっている芸は、一見すると確かに手品のように思えた。伏せたグラスの中を浮遊する五百円玉。宙に放り投げるだけで解《ほど》ける、あるいは逆に結ばれて落ちてくるロープ。

しかし、同僚手品師の多くは、彼の芸に疑問を持っていたという。

奴の手品にはタネがない。あんなことは物理的に、科学的にあり得ない。どういうことだ。なんなんだあれは。怪しいぞ――。

むろん、彼がとてつもないアイデアマンで、手品の新時代を担《にな》う天才である可能性も、ないではなかった。ただ彼は、基本的なカードマジックも、ロープマジックもコインマジックも、ほとんどできないし知らなかった。なのに、いくつかのオリジナル手品だけは、見事なほど失敗なくこなした。しかも同業者ですら、誰もそのトリックを見破れなかった。

そしていつしか、囁かれるようになった。

吉原は、本物の超能力者に違いない――。

まあ、玲子的には、絶対にあり得ない話だが。

翌朝の会議で、今後の捜査方針と組分けが発表された。

捜査は犯行現場周辺を聞き込む地取り、マル害の関係者を当たる敷鑑《しきかん》、証拠品を当たるナシ割り、裏づけを担当する特命班。以上の四つに分けられた。

玲子は敷鑑に組み込まれ、主に仕事以外の交友関係を当たることになった。具体的にいうと、携帯の電話帳に名前があった人物ということになるが、逆にいえば、それくらいしか手がかりがないということでもあった。

今回の相方は、高島平署刑事組織犯罪対策課強行犯捜査係員、相楽巡査長。若干ずんぐりとした、合気道というよりは柔道系の、可愛いというよりは愛嬌のある顔をした娘だった。

「相楽康江です。よろしくお願いします」

「姫川です。よろしく」

早速彼女を連れ、本部デスクに向かった。上座右手にある、電話やファックスなど、情報機器が多く設置された一角だ。

担当係員に、今朝受けとった携帯の電話帳リストを見せる。

「すみません。これの元になったデータがどこかにあるはずなんですけど、それをこのカードにコピーしてもらえます？」

玲子の携帯と互換性のある、小型のメモリーカードだ。

「はい、ただいま……」

しばらくまごついていたが、それでも彼は設置されていたパソコンの中に元データを見つけ出し、玲子の渡したカードにコピーしてくれた。

「どうもありがとう」

もらったそれを、早速自分の携帯に差し込む。こうしておけば一々入力しなくても、これから当たるべき人物に直接電話することができる。横で見ていた相楽も、なるほど、と頷いていた。

玲子は紙のリストを見ながら、最初の名前がちゃんと読み出せるかどうかを試してみた。青木伸介。アオキ、シンスケ——。大丈夫だ。ちゃんと電話番号が表示された。念のためにもう一件。今度は最後の方の人がいいだろうか。

渡辺繁。ワタナベ、シゲル——。

吉原秀一という男は、本当に交友関係が少ない人物だったようだ。所属プロダクションにも個人的に親しくしていた同僚はおらず、携帯の電話帳に名前があった人物も、最近どうしていたかは分からないという者がほとんどだった。

ちなみに登録数は五十三件。刑事が面接すべき人数としては決して少なくはないが、携帯の電話帳の総登録数としては、どうだろう。かなり少ない方なのではないだろうか。

　そのリストを玲子たちはここまで、一日に四、五件のペースで消化してきていた。特に「あ行」は多めで、終わるのに三日もかかった。

　阿部淳司《あべじゅんじ》、安藤祥子《あんどうしょうこ》、池田《いけだ》ヒロシ、石川一樹《いしかわかずき》、石黒宏治《いしぐろこうじ》——。

　むろん、簡単には会えない人物もいた。地方在住だったり、すでに番号が変わっていたり。リストの最後まで当たってみて、それでも捜査に進展がなければそういう人物も当たってみる必要が出てくるかもしれないが、今現在そこまでは考えていない。連絡のつく地方在住者には、最近マル害と連絡をとったか、渡辺繁という人物を知らないか、と訊くに留めた。

　やがて「あ行」も「か行」も終わり、捜査開始五日目からは「さ行」に取りかかった。

　一人目は斉藤晴彦《さいとうはるひこ》。埼玉県に住むマル害の伯父。携帯ではない、固定電話番号。現地まで いって話を聞いたが、最近は音信不通ということで、またもや空振りだった。マル害は幼少期から手先が器用で手品が得意だった、という話が収穫と呼べるかどうかは微妙。

　だが「さ行」二人目で、ようやくヒットが出た。

　東京都北区在住、五十三歳の建築作業員、佐藤武男《さとうたけお》は電話口で、嬉しさの余り飛び上がりたくなるようなことをいってくれた。

『よく知ってますよ。十年かそれくらい前までは、よく現場で一緒になったし。ついこの前は、偶然こっちがシュウちゃんのステージを見てね。びっくりして声かけて、懐かしいねって、話したばかりですよ』

早速会う約束をした。待ち合わせは二十二日火曜の夜八時、新大久保の居酒屋で、ということになった。

当日、約束の時間を十分過ぎて現われた佐藤は、赤黒く日焼けをした、いかにも力仕事が得意そうな体格をした男だった。髪は一分刈りくらいに短い。現場で水をかぶれば、もうシャンプーも何もしなくてよさそうなヘアスタイルだ。

「すんません、遅くなりました。佐藤です」

「いえ、こちらこそ急にお呼び立ていたしまして。……どうぞ、お掛けになってください」

玲子と相楽はすでにウーロン茶をオーダーしてあった。佐藤には、遠慮なく好きなものを頼んでくれといった。佐藤は恐縮しながら、じゃあ生ビールを、といって頭を掻いた。

「早速ですけれど、吉原秀一さんとは、具体的には、どういったご関係だったのでしょうか。お電話では、十年くらい前に、同じ現場になったということでしたが」

「その前に」

佐藤は背筋を伸ばし、ひどく真面目な表情で玲子たちの顔を見比べた。

「……吉原のシュウちゃんが、どうかしたんですか」

そう。知人について警察が何か尋ねたら、まずその人物の心配をするのが普通だ。

「はい……大変、申し上げづらいのですが……吉原秀一さんは、板橋区のご自宅で、何者かに刃物で刺されて、お亡くなりになりました。我々は、それを殺人事件として、捜査しています」

ある程度は予想していたのか、佐藤にさほどの驚きはないようだった。手に持ったおしぼりを、筒形に巻き直しながら頷く。

「そう、ですか……そういうことなら、ええと、何から話したらいいかな……たとえば、シュウちゃんが、前は大工だったことは、刑事さん、知ってますか」

玲子は「初耳です」とかぶりを振った。

「そう。まあ、無理もないか……シュウちゃんとは昔、同じ工務店にいたんですよ。っていっても、大工なんてみんな、一匹狼みたいなもんだから。昔の仲間に誘われれば、あっちの現場に入り、ちょっと手伝ってくれっていわれたら、そっちの現場にいき、って感じで。女房の知り合いなんかに、家建ててくれって頼まれたら、自分がカシラになって現場仕切って、仲間呼んで……まあそんなふうに、持ちつ持たれつの世界なんですよ」

生ビールが運ばれてきた。相楽にいくつか料理をオーダーするよう命じ、玲子は話の続きを聞いた。

「……あれは、何年前だったかな。消費税が、三パーセントから五パーセントに引き上げられたのは」

玲子も、パッとは自信を持って答えられない。

「十年か、それくらい前ですよね」

「そうだよね。だからそれの、さらにもうちょっと前ですよ……その、消費税引き上げの直前にね、いわゆる、駆け込み需要ってのが起こったんですよ。家っていったら、一生に一度かもしれない、大きな買い物でしょう。そこに消費税が、二パーセント上乗せされるってんだから、みんな慌てたわけですよ。その駆け込み需要は、俺たちみたいな町場の大工にも、大手ゼネコンにも、等しくやってきた。みんながみんな、消費税引き上げのにわか景気に、沸き返ったんです」

ここまでだとまるでいい話のように聞こえるが、佐藤の表情は一貫して暗い。

「……そんときは、俺もシュウちゃんも、自分で新築の現場とって、仲間呼んで、大威張りで仕事してました。なんたって、都内で新築ができるってのは、俺ら大工にとって、何よりの誇りですからね。更地にして、地鎮祭やって、基礎打って、盛大に建前やって、施主からみんな、一万円ずつ、ご祝儀もらってね……いい時代だったですよ。ここんとこは、新築なんてとんとご無沙汰で。それどころか、改築の現場だって、めっきり少なくなった……いい親分についてないと、ほんと、干上がっちまいますよ」

大きなジョッキを持ち上げ、半分まで一気に飲み干す。こういう豪快な飲みっぷりは決して嫌いではないが、佐藤のそれはひどく悲しげで、見ているだけで、こっちまで切なくなる。

深く息を吐き出し、佐藤が丸い肩を落とす。

「ところがね……購買力っていうか、まあこっちは、企業なんて呼べるもんじゃなかったけど、でもそういうもんの、基礎体力っていうか、要は経済力だよね。……消費税引き上げのタイムリミットが近づいてくるにつれて、町場の現場には、次第に材料が、入ってきづらくなってきた」

この男は一体、何を語ろうとしているのだろう。さっぱり先は読めないが、でも、ひと言も聞き逃せない。そんな緊張を、玲子は感じていた。

「……敵は、大手ゼネコンですよ。連中は、マンションだの高層ビルだの、どデカい現場を山ほど抱えてた。もしそういう大手が、期日通りに現場を仕上げられなかったら、どうなると思います？」

さあ。どうなるのだろう。

「……クライアント、から……あ、違約金ですか」

佐藤は口を尖らせて頷いた。

「そう。特にあっちは、客も大企業だったりするからね。莫大な違約金を請求されるのは目に見えてた。それでなくたって消費税絡みで、いろんなことを無理やり前倒しにしてやってるってのに、期日が過ぎて、一部でも消費税が上乗せされちまったら、急いだ意味なんてなんもなくなっちまうからね。そこんとこはあっちも、厳しかったと思いますよ」

今度はコクッと、小さくひと口飲む。

「……当然大手は、各方面に期日厳守、納期厳守の圧力をかける。特に、建材メーカーね。ものが足りなくなったら、現場なんて仕上がるわけないんだから。床材、天井材、壁材……なんでもそうですよ。当然メーカーは、大手の注文に、優先的に応《こた》えようとした。そういうことの皺寄《しわよ》せは、最後には全部、町場に回ってきた」

相楽がオーダーした、串焼き盛り合わせが運ばれてきた。

佐藤は、その皿をじっと見つめながら続けた。

「刑事さんは、石膏《せっこう》ボードって、知ってますか」

いいながら串に手を伸ばす。

他にもいくつか料理が運ばれてくる。

「すみません。よく分かりません」

「いや、いいけどね、知らなくても……その名の通り、石膏を板状に固めて、それに紙を巻いただけの建材ですよ。これが石膏ってだけあって、重たい上に折れやすくてね……俺らが使うのはサブロクっつって、三尺の六尺、つまり、九十一センチ掛ける百八十二センチの板なんですが、その一枚は、はっきりいって、五百円もしない安もんですよ。しかし、現行の建築基準法をクリアするためには、どうあったってその石膏ボードを、すべての壁と天井に張らなきゃならない。そうしないと、違法建築ってことになっちまう。一つの現場を仕上げるためには、その重たい石膏ボードが、何百枚と要るわけですよ」

そこだけ、ちょっと話の先が読めた。

「つまりそれも……大手ゼネコンが？」

「そうです。特にこの石膏ボードに関しては、製造メーカーの数が極端に少ないっていう、別の事情もあった。ほとんど独禁法すれすれの大手が一社、その他には小さいのが二社。そのたった三社で、国内の石膏ボード需要のすべてに応えていた。他の建材みたいに、似たような品を作ってるところが十社もあれば、じゃあ別の商品で間に合わせようかって話にもなるけど、石膏ボードだけはそれが利かなかった。なくなったら、もう本当にない。次いつ入ってくるかは問屋にも分からない。そういう状態が、一ヶ月も二ヶ月も続いた大手が嗤《わら》い、中小が泣く。日本経済の悪しき構造の縮図が、ここにもあったようだ。

「俺たちみたいな、普段は誰かの下で働いてて、たまたまにわか景気で新築現場とった大工なんかには、確固たる材料確保のルートがなかった。真っ先に石膏ボードが足りなくなったのは、俺や、シュウちゃんみたいな、個人の現場でした。……あんときは、幹線道路沿いにある建材屋を、軽トラで一軒一軒、片っ端から当たりましたよ。石膏ボード売ってください、五枚でも十枚でもいいから、頼みます、分けてくださいって……店先で土下座してね」

「……」

苦笑いしながら、太い指で、フライドポテトを一本つまむ。

「……でも、どっこも分けちゃくんなかった。すぐそこにあるのにね。一枚の厚みが九・五ミリ、あるいは十二・五ミリの石膏ボードが、百何十枚かの山で、倉庫の中に、いくつも積まれてるのが見えるんですよ。なのに、俺たちには、一枚も売ってくれない……でもそれも、仕方ないんです。そりゃそうなんです。その店にだって、大切なお得意さんがいる。そこにある石膏ボードは、そこのお得意さんに売るために仕入れられた、行き先の決まった在庫なんです。俺たちみたいな、どこの馬の骨とも分からない飛び込みに、売るわけにゃいかない……そういうことです」

佐藤がぐっと飲み干し、ジョッキを空ける。

相楽が次の飲み物を訊くと、彼は照れたように、じゃあ同じものを、と答えた。

「どうぞ……召し上がってください」

少しの間、三人で料理を口に運んだ。だが、佐藤の中にも聞いてほしいという気持ちがあるのか、促したわけでもないのに、彼の方から再び話し始めた。

「……人間、切羽詰《せっぱつま》ると、何するか分かんないもんでね。最後の方になると、とうとう、よその現場から石膏ボードを盗む奴が出始めた。俺の現場もやられたし、シュウちゃんとこもやられた。昨夜まであった、血の滲むような思いで調達してきた、たった十枚か二十枚の石膏ボードが、明くる朝になったら、綺麗さっぱりなくなってる……あれには泣きましたよ。もう終わりだって……そう思いましたね」

ズッ、と焼きうどんをすすり上げる、逞《たくま》しい顎。その、泣き言を打ち消そうとするような、忙《せわ》しない動き。

「俺はね……それでもまだ、よかったんです。納期は延びちまったけど、なんとか現場は仕上げられたし。値切られはしたけど、一応は金ももらえたから。……可哀想だったのは、シュウちゃんですよ。やっぱり、期日通りに仕上げられなくて。施主に、娘夫婦が越してくるってのに、できてないってどういうことだ、って、散々どやされたらしくて。代金だって三分の一くらい値切られて、おまけに引っ越し代とか、延びた間のアパートの家賃だとか、一切合財背負《いっさいがっさい》わされて……それでもシュウちゃん、人がいいからね。はいはいって、施主のいうこと、全部聞いて。それでいて、手伝ってもらった仲間には優先的に、ちゃんと手間払っててね。遅くなってごめんね、ごめんねって。ほんと……見てて、可哀想だった」

写真でしか知らない、吉原秀一の顔を思い浮かべる。そういわれてみれば気の弱そうな、優しそうな顔だったように思う。

「にわか景気で儲けるどころか、最後は借金まみれですよ。結局、ぷいっと消えちまった……まあ、女房も子供もなかったからね。消えるのには、身軽でよかったんだろうけど」

吉原秀一の戸籍に結婚や離婚の記載がないことは、捜査本部も確認している。

「でも、つい去年ですよ。いま俺が世話になってるのはオオムラ建設っていう、そこそこデカい会社なんですが、そこの忘年会の宴席にね、マジシャンを呼んだんですよ。そしたら」

なるほど。

「それが……」

「うん、シュウちゃんだった。ショーが終わるや否や、楽屋に飛んでいきましたよ。楽屋っていうか、ちっちゃな控え室でしたけどね。向こうもすぐに分かってくれて。いや、懐かしいなァ、どうしてたァ、って、肩叩き合いましたよ。シュウちゃんは……まあ、いろいろあったよって、話してくれました。アル中で入退院繰り返したことや、酔ったまま現場に入って、丸ノコで指落としかけたこと。それで大工仕事が、心底《しんそこ》嫌になったこと……自殺も考えたみたいです。生きててもしょうがねえなって。でも、ラーメン屋か何かで、マジックやってるのをテレビで見て、ああ、俺そういえば、こういうことできるんだったよなって、思い出したんだそうです。それでまあ……そっち方面で食っていこうと、今の事務所に入ったんだって、いってました」

二杯目のジョッキを飲み干し、佐藤はしばし口をつぐんだ。

何か思うところがあるのだろうと思い、玲子も黙って次の言葉を待った。

また相楽が「お飲み物は」と訊く。同じもので、と佐藤が答える。

その口に、すっと白いフィルターのタバコが銜えられる。ライターはクロームのジッポー。揺らめく火先にタバコの先を当て、大きく吸い込む。次に吐かれた煙は、白く、濃く、甘い香りがした。

ふいに佐藤が、玲子の目を覗き込む。

「あの、これは……仲間内の、悪い噂、って程度で……いや、ほんとはそんなふうに、いってもいけないし、ましてや、警察の人に話したりしちゃ、いけないのかもしれないけど」

この躊躇《ためら》い。この声色。

玲子も今までに、何度か体験したことがある。

これは、重大な真実が吐露《とろ》される、予兆――。

「……はい？」

やわらかく首を傾げ、相手の言葉に、文字通り耳を傾ける。

水面にできた、ごく薄い膜をすくいとるように、ゆっくりと、優しく――。

果たして、佐藤は心を決めたように、一つ頷いた。

「その……あの頃に起こった、石膏ボードの、窃盗事件。俺自身は、何も知らないし、誰かが逮捕されたって話も、聞いてない。けどあのあとに、ちょっと、妙な噂がたって」

焦ってはいけない。ここはただ、じっと相手から言葉が出てくるのを、待った方がいい。

「……俺たちが、主に材料を仕入れてた建材屋が、北区の、滝野川《たきのがわ》にあって。まあそこには、十軒前後、いつも工務店が、出入りしてたんだけど……そういうの、みんな仲間みたいなもんだから、店で会ったら、今どこの工務店にいるの、とか、どこの仕事してんの、とか、立ち話もするし、そういうとこが、いい情報交換の場に、なってたりもするんですけど……」

じっと目を見て、頷いてみせる。

私は、あなたの言葉を、真剣に聞いています――。

沈黙には、そういう心で応える。

「……そういう、つまり、仲間内での、噂話なんですけど……その建材屋、タカヨシ銘木って、いうんですけど、そこの常連客のほとんどが当時、石膏ボード泥棒に、遭ってるんです。シュウちゃんも含めて。俺も、他の工務店も、全部。枚数はバラバラでしたけど、でも大なり小なり、みんな被害に遭ってた……たった、一軒を除いては」

くる。とんでもない真実が転げ出てくる、予感。

「その、一軒というのは」

「それは……」

くる。絶対にくる。

「……ワタナベ工務店、って、会社です」

きた――。

玲子は身を乗り出し、ぐっと佐藤の目の奥を覗いた。

「そこの社長さんというのは、ひょっとして、渡辺繁さんという方ではありませんか」

するとさ佐藤は、カッと目を見開き、息を呑んで固まった。

相楽は膝元でおしぼりを握り締め、ちらちらと横目で、玲子の様子を窺っていた。

玲子はテーブルに乗り出した姿勢のまま待った。

やがて佐藤は、額に汗を浮かべて頷いた。

「……刑事さん、知ってたんですか」

いや、ちっとも知らなかった。


高島平署への帰り道、相楽はとにかくしつこく訊いてきた。

「ねえ主任、どうしてですか、教えてください」

やだ。絶対に教えない。

「主任、なんで窃盗犯が渡辺繁だって分かったんですか。そもそも、なんで主任はずっと、渡辺繁に拘《こだわ》ってきたんですか」

電車に乗っている間も、駅構内を歩いている間も、横断歩道を渡っているときも、こうやって夜道を歩いていても、ずっと引っ切りなしだ。

「……勘よ。ただのカ、ン」

「そんなはずないじゃないですか」

「そういわれてもねぇ……だったら他に、なんだっていうのよ」

「分からないからお訊きしてるんです」

でも教えない。絶対に教えない。

「いいじゃない。結果的には、そういうことだったんだから」

「そんなぁ……」

佐藤武男はあのあと、さらにこう付け加えた。

吉原秀一と再会した控え室で、迂闊《うかつ》にも自分は、その話をしてしまった、と。

すでに仲間内では、あの石膏ボード泥棒は、渡辺の仕業《しわざ》だったことになっている。しかも渡辺には、ちょっと離れた練馬《ねりま》区の工務店に、盗んだ石膏ボードを転売していた疑いまである。それもあろうことか、通常の倍以上の値段で。

その話を聞き終わったときの吉原の顔を、佐藤は、生涯忘れられないだろうといった。

怒りも、悲しみも、すべて通り越した先に生じる、歪んだ笑い。

吉原秀一はヘラヘラと、佐藤の前で笑い出したという。

目の焦点をどこにも合わせず、声も出さず、ただ頬と唇を引きつらせ、肩を震わせる、薄暗い笑い。

そんな精神状態に陥った吉原が何を考えたのか。何をしたのか。

それももう、おおよそは察しがついている。

「……ちなみに、姫川主任は超能力って、信じてます？」

おいおい、今度はいきなりそっちか。

「信じてないわよ。当たり前でしょう」

馬鹿馬鹿しい。くだらなすぎて虫唾《むしず》が走る。

「えー、なんで当たり前なんですか」

「なんでってあなた……そんな、超能力なんてもんが本当にあるんだったら、刑事なんて必要なくなるでしょう」

「あの、テレビでやってるみたいに、超能力者が犯罪捜査をすればいいってことですか？いやぁ……そんなことはないでしょう。がんばれば大抵の人は警察官になれますし、上がバンバン講習受けさせれば、刑事を増やすことはできますけど、でも同じように、超能力者は増やせないでしょう」

そもそも存在しないものを増やせないとは。一体どういう論理だろう。

「分かった。前言は撤回するわ。超能力者がいようといまいと、あたしは刑事を続けます。……でもよく考えてみて。もし超能力の存在が認められたら、今現在ある犯罪の立証方法は、すべて根底から見直さなきゃならなくなるのよ？　たとえば、手を触れずに相手の体内にある冠動脈をつまんで心不全を起こさせて死に至らしめた場合、それは他殺？　病死？　仮に殺意が認定されたとして、でも我々は、どうやってその犯罪行為を立証したらいいの？　外傷もないし、指紋も残ってませんけど、確かにマル被（被疑者）は超能力で、マル害の冠動脈を閉塞させたのです……なんてあなた、真顔でいえる？」

いえまい。でもいう必要もない。そんなこと、できるはずがないからだ。

佐藤武男の話は、実に興味深かった。

吉原秀一と、渡辺繁の間にあった因果関係。

吉原には、渡辺を恨む理由があった。自分から大工という仕事を奪い、人生を狂わせた石膏ボード泥棒である渡辺繁を、心の底から憎んでいた。

だが、その憎悪はどこかの段階でばたんとひっくり返り、結果的には恨んでいた吉原の方が殺される破目《はめ》になった。そういう推理までは、現段階でも容易に成り立つ。

ただし、だからといって「あんたが殺したんでしょう」と渡辺に詰め寄ることはできない。奇しくも佐藤自身がいったように、渡辺繁石膏ボード泥棒説は単なる噂話、贔屓目《ひいきめ》に見ても状況証拠のレベルでしかない。尋問したところで、違いますよと、白を切られたらそれまでになってしまう。

玲子は今泉係長に、渡辺の身辺を洗いたいと申し出た。今泉は特に理由を問わず、ただ「何人ほしい」とだけ訊いた。玲子は「四人ください」と答えた。翌日からは菊田と石倉の組が、玲子たちと行動を共にすることになった。

有限会社渡辺工務店、代表取締役社長、渡辺繁。

そこまで分かっていれば、会社所在地や代表電話番号を調べるのは造作もないことだった。インターネットで検索しても出てくるし、なんだったら企業データバンクが発行している会社年鑑でもめくってみればいいのだ。

渡辺工務店は、豊島《としま》区西巣鴨《すがも》四丁目にある、さほど大きくもない建設会社だった。従業員数は社長を含めて十二名。百坪ほどの敷地に、材料置き場を兼ねた駐車場と三階建ての社屋がある。建物一階は会社事務所、二階と三階が社長の自宅。家族は長男の勉《つとむ》、長女聖子《せいこ》、次女綾子《あやこ》の三人。妻はすでに他界。一人息子の勉は同社専務取締役。長女と次女はまだ学生らしい。

まずは渡辺繁の写真を撮り、それを目撃者に確認してもらった。犯行当夜、現場近くの公園トイレで衣服を洗っている男性を目撃した人物だ。

結果は、よく似ている、ということだった。長い顔、しゃくれた顎に、団子っ鼻。髪形も確かこんな感じ。薄くはないけれど、白髪交じり。

充分だった。玲子たちは次のステップに進むことにした。

それは渡辺の日中の行動を監視し、機会があれば密かに指紋を採取する、というもの。のちのち裁判で使用できる証拠にはなり得ないけれど、事情聴取に踏み切るきっかけ程度にはなる。少なくとも、現場に残っていた指紋と一致すれば、幹部は説得できる。

渡辺は軽のワンボックスで、現場や得意先をよく回っていた。三時頃には、新築住宅の現場で休憩に出された缶コーヒーを飲んだ。その空き缶が、喉から手が出るほどほしかったが、さすがにそれは難しかった。

現場前の道で、建物を見上げながら吸っていたタバコ。そのまま道端に捨ててくれるか、と思ったが、残念ながら携帯灰皿を使われてしまった。

しかし、思わぬところで拾いものができた。

自動販売機だ。

渡辺は五時頃、文京区内の住宅街にあるタバコの自販機で、キャスターマイルドをふた箱買った。

玲子たちは、渡辺が立ち去るのを確かめてから自販機に向かった。

ずっと見ていたので間違いない。渡辺が利用したのちに、この自販機に触れた者はいない。

「菊田、あんたほんとにできるの？」

「大丈夫。任せてください」

高島平署の鑑識係から借りてきた専用キットを使い、菊田が自販機から指紋を採取する。アルミ粉を振りかけ、余分なところを刷毛《はけ》で落としたら、採取用のテープを貼り付けて固着させる。貨幣投入口、商品指定ボタン、商品取り出し口、その三ヶ所で同様の作業を繰り返す。

「ほら、ばっちりですよ」

「うん。けっこう器用なのね」

持ち帰ったそれは、見事、現場で採取された三人分の指紋の一つと一致した。

幹部の承認も得、玲子たちはいよいよ、渡辺繁に任意同行を求めることになった。

翌日は朝五時から、渡辺工務店前で待機した。

六時頃からいくつかの部屋に明かりが灯り始め、七時には長女が、五分遅れて次女が出かけていった。七時二十分頃から職人や他の事務系社員が出勤し始め、八時前には大半の職人が軽トラックで出かけていった。

それを見送り、事務所に戻ろうとした社長に、声をかけた。

「渡辺繁さん、ですね。警視庁捜査一課です」

あらゆる可能性を考慮し、周辺に計二十名の捜査員を配置してあった。暴れられてもいいように。裏に逃げられてもいいように。室内に立てこもられてもいいように。

だが意外にも渡辺は、いきなり、その場にへたり込んだ。

がっくりとうな垂れ、肩を落とす。

「吉原秀一さんが殺害された件について、お話をお伺いしたいのですけど、高島平警察署まで、ご同行……いただけます？」

こっくり。深く頷く。

周りを見回すと、みな拍子抜けといった顔をしていた。

任意同行と同様、渡辺繁は指紋の採取にも素直に応じた。

照合の結果はもちろん、現場指紋と一致。

そのことを告げると渡辺は、吉原秀一殺害をあっさりと自供した。

だが、そこからの言い訳がすごい。

「……脅されたんだ。奴は、吉原は、俺に億単位の金を要求してきた。悪いのは、俺じゃないんだ」

しかし、どういったネタで脅されたのかと訊くと、急に口ごもる。顔をしかめて黙り込む。どうやら、そこまで考えての供述ではなかったらしい。

仕方ないので、十数年前に石膏ボード泥棒を働き、その件で吉原に恨まれていたのではないか、とこちらから振ると、一度は頷くものの、またすぐ言い訳を始める。

「仕方がなかったんだ。こっちだって期日通り現場が上がらなきゃ、莫大な違約金を請求されるところだった……あの頃、妻の病気が悪化して……いま思えば、あれは薬害肝炎だった。……そうだよ。俺たち家族は、国と厚生省の、ずさんな……つまりそういう、一連のアレの、被害者なんだよ」

それとこれとは別問題。家族の方が薬害肝炎になったからといって、泥棒をしていいはずがないでしょう、と反論すると、それにも言い訳をする。

「そもそも消費税の強引な引き上げが、ああいう事態を招いたんだ。大手ゼネコンが材料を買い占めて、俺たちの現場を圧迫したんだ。もとはといえば、全部国が悪いんじゃないか。社会が悪いんじゃないか」

もうここまでくると、何をかいわんや、である。

最近漠然とだが、こういう、なんでも他人のせいにする人間が増えてきているように感じる。だがそういう輩に限って、自分がどれほど社会に害を及ぼしているかは考えない。

社会が悪いといいながら、自分が社会を悪くしていることには一切頓着しない。

「……でもとにかく、あなたが吉原秀一を殺したことに違いはないわけでしょう？　ついさっき、自宅から押収した靴と、現場に残ってた靴痕跡も一致しました。明日には、あなたを検察に送致しますから。そのつもりでいてください」

ふと、徒労感に襲われるのはこんなときだ。

自分は一体、あと何人、こんな連中を逮捕したらいいのだろう。自分の仕事。それは本当に、この社会のためになっているのだろうか。

その考えはすぐに行き詰る。

警察がどんなにがんばったところで、社会から犯罪がなくなることはない――。

だがこの懸念に、分かりやすく答えてくれた人がいた。

玲子の上司、殺人班十係長、今泉春男《はるお》警部だ。

「たとえば農家の人は、作っても作っても、みんなが食べちまうから、また作らなきゃならない……なんて、そんなふうに嘆《なげ》きはしないだろう。それと同じだよ。人の営みってのは、そもそもそういうもんさ。終わらないから徒労なんじゃない。繰り返し、循環させ、維持していくことにこそ意味がある。警察だって同じさ。犯罪は決してなくならないが、少しでも少ない状態に保つよう努力する。それが社会秩序の維持に繋がる……それで、いいんじゃないかな」

まったく、仰る通りである。

送検前最後の取り調べを終え、だがまだ夜の会議まで少し時間がありそうだったので、相楽を誘って近所の喫茶店にいくことにした。

今日まではぐらかし続けてきたアレについて、もうそろそろ話してあげてもいいかな、という気になっていたのだ。

だが席に着くなり、彼女はこう切り出してきた。

「主任って、やっぱり超能力、信じてないんですか」

どうもこう、微妙に腹の立つ娘である。

「……信じてないわよ。前にもそういったでしょう」

「でも、これ見たらきっと、主任も信じると思うんですよ」

相楽がカバンから出したのは、何かの報告書のようだった。署名を見ると、警視庁刑事部鑑識課現場指紋係、となっている。

「これさっき、今泉係長から、姫川主任に渡すようにって預かったものなんですけど……あ、ごめんなさい。一枚目だけ、ちょっと読んじゃったんですけど、でも不思議なんですよ。ほら例の、045、666って番号の入力。これ読むと、あれって、実際はどうやったか、まるっきり分からないらしいんですよ」

「えっ？」

思わず玲子は、相楽の手から報告書を奪った。

急いで目を通したが、なるほど、そういう内容が記されている。

「……ね？　不思議でしょう。吉原が最後に触ったのは、二つ折りの携帯の、フタの部分。掌紋の示す持ち方から察するに、そのときに吉原は携帯を閉じている。それはまず間違いない。さらに内側を調べると、最も濃く指紋が残っているのは、終了ボタンのところ。ってことは、常識的に考えたら、番号は全部消えてなきゃおかしい。でも実際は、そうではなかった……もちろん、指紋が残らないように押したっていうんなら別なんでしょうけど、でもそんなこと、あの状況で吉原がするはずありませんよね。そもそも携帯は、開いた状態で発見された。ところがそういうふうに、開けるような持ち方の位置に、指紋や掌紋は残っていなかった……」

掌紋とは文字通り、掌にある隆起線模様のことで、指紋と同じく生涯不変であるため、証拠として絶大な意味を持つものである。

が、しかし——。

「これってつまり、吉原が今《いま》わの際《きわ》に、最後の力を振り絞って、超能力でフタを開けて、045、666って入力した、ってことなんじゃないですかね。……でも、045、666って、結局誰の番号だったんでしょうね。吉原の部屋に、そういう番号が書かれたものは一切なかったようですし、皆目分からないままなんですよね……」

違う。「045666」はそもそも、電話番号ではないのだ。

各ボタンの左側だけを見ていては、真実を見誤る。このケースで重要なのは右側。右側の、ひらがな部分だ。

電話帳検索などのひらがな入力モードで「045666」と入力してみれば、一発で分かる。それで表示されるのは「ワタナフ」。しかし、そんな名前はない。

玲子は、吉原の電話帳が自身の携帯でちゃんと読めるかどうかを確認したとき、そのことに気づいた。最後の「渡辺」を呼び出すのに押したボタンは、左だけを見れば「0456666＊」。

あのときは、ピンときすぎて体が震えた。

そうか。吉原は最後に「ワタナベ」と入力しようとし、だがモードが普通の番号入力になっていたため、ディスプレイには「045666」と残ってしまったのだ。「6＊」までいかなかったのは、そこで事切れたからだろう。つまりこの番号は、吉原が犯人の名前を示した、ダイイングメッセージだったのだ――。

事実、電話帳に登録されていた唯一の渡辺姓、渡辺繁が、吉原殺しの犯人だった。あの番号が、吉原の残したダイイングメッセージであったことに、もはや疑いの余地はない。ただ、吉原が指紋も掌紋も残さず、あれらのボタンを押したのだとすると――つまりそれは、どういうことだ。

要するに自分は、超能力の実在を、認めなければならないということなのか？

まさか。そんな馬鹿な。

悪しき実

ふいに、辺《あた》りが暗くなったように感じた。

時計を確かめる。午後四時十七分。十一月下旬とはいえ、日が暮れるにはまだ早い。見上げた空は、綿ゴミのような灰色の雲に覆われている。もう、いつ降ってきてもおかしくはない。

急に不安な気持ちになり、玲子は早足で商店街のアーケード下に入った。後ろから、四人分の足音もついてくる。振り返らず、玲子は彼らに命じた。

「じゃあ、菊田はノリと駅周辺、たもっつぁんはコウヘイと現場周辺。あたしはここを当たります。所轄にだけは抜かれないように。よろしくね」

「はい」

玲子たちのような警視庁本部の刑事が捜査をする場合は、事件現場を所管する所轄捜査員とペアを組むのが通例である。が、今回はややイレギュラーなケースであるため、その限りではない。有り体《あ　てい》にいうと、こっちが完全に出遅れたのだ。すでに所轄捜査員は地取り捜査に散っており、今現在、玲子の管理下にはない。

とにかく、春川美津代《はるかわみつよ》という女を見つけなければならない。

北区赤羽《あかばね》二丁目のマンション、アリス赤羽イースト、五〇二号室で男が死んでいる。そう一一〇番通報をして消えた女。三十八歳のホステス、春川美津代。

顔写真はこの目に焼きつけてある。店で客とふざけて撮ったツーショット写真だが、横顔も、無表情も、玲子にはかなり明確にイメージできている。対峙《たいじ》すれば、見逃さない自信はある。

くる。美津代は必ず、あたしの前に出てくる――。

それはもう、ほとんど呪詛《じゅそ》に近かった。

男の死因はいまだ特定できていない。自殺か他殺かも断定されていない。そんな状況で、まるで様子見にやらされるように玲子たちは赤羽まで出向いてきた。せめて、通報して消えた第一発見者くらいは、この手で確保したい。

辺りに視線を巡らせる。パチンコ屋のネオン。暗い中に、チカチカと何かが瞬《またた》くゲームセンター。向かいには、対照的なまでに明るい書店、ファストフード店、スーパーマーケット。歩道には買い物帰りの主婦。まだ遊び足りない小学生、中学生、クラブ活動もしない高校生。少し離れた場所に車を停め、台車で集荷、配送をして回る宅配便の中年男性。

あ――。

なぜその女に目を留めたのか。それを正確に説明することは玲子にもできない。ただ、各々勝手に、てんでんばらばらに時間を過ごしている人々の中で、彼女だけが、まるで生きることを諦めてしまったかのように、沈んで見えたのは確かだった。

タバコの販売機に寄りかかり、自分の吹き上げた煙が、アーケードの軒から漏れてどこかに流れていくのを、まるで羨むような目で追っている女。暗く小さな目、下膨れの頰、厚ぼったい唇。無駄に大きなウェーブの、下品なくらい明るい色の髪。羽織《はお》っているのは五年くらい前に流行《はや》ったデザインのコート。下に覗いているのはくすんだ赤のワンピース。写真とは髪形も服装も違うけれど、あれが春川美津代に違いない。玲子はそう確信した。

「恐れ入ります。春川美津代さん……ですよね」

女は玲子を見て、小さく頷いた。

その頰には、まるで待ち合わせに遅れた相手を許そうとするかのような、柔らかな笑みが浮かんでいた。

東京都千代田区霞が関、警視庁本部庁舎六階。

その日の午後、玲子は百数十の机が並ぶ捜査一課の大部屋で、俗に「在庁」と呼ばれる通常待機に入っていた。

「……主任、また勝っちゃいますね。マジで強いわ」

在庁の過ごし方は人それぞれ。本や新聞を読んだり、試験勉強をしたりする勤勉派もいれば、囲碁や将棋を指す娯楽派もいる。いつもというわけではないが、今現在の玲子たちは完全なる後者だった。

「少しは学習なさい。コーナーをとることばかり考えてるうちは、あたしには絶対に勝てないわよ」

いま姫川班で流行っているのはオセロだ。玲子は四人の部下の内、菊田和男巡査部長、湯田康平巡査長、葉山則之巡査長の三人を相手に、目下連勝記録の更新中だった。

菊田が腕を組んで盤面を睨む。

「途中までは、俺の方が有利だったんだけどなぁ……」

「ほら、今そっちが打てるのはもう四ヶ所だけよ。こことここは二個、こっちが三個、ここが五個。さあ、どこにするの。さっさと決めなさい。男でしょ」

ちなみにベテランの石倉保巡査部長は、浅草方面をぶらぶらしてくるといって昼前に出ていった。馴染《なじ》みの店などを回って世間話をすることを、刑事は俗に「畑を耕す」という。「畑」は刑事の情報網。よく肥えていれば、それだけ多くの収穫が得られる。石倉は、そういう人との繋がりを大切にする「古き良き時代のデカ」なのだ。

「ここ……だな」

考えに考えた末、菊田は三つ返せる場所に「黒」を置いた。

「じゃ、あたしはここね」

玲子はこれで九つ返せる。

「あ、ああ……」

その後は悩む余地すらなくなったらしく、菊田は「参りました」と頭を下げながら枡目を埋めた。玲子はこれで、連勝記録を二十三に伸ばした。が、もうさすがに飽きた。

「……もうやめようよ。あたし、コーヒー飲んでくる」

「いいっすね。お供します」

乗ったのは菊田だけで、若い湯田と葉山は、昇任試験の勉強をするからと自分の席に戻った。まあ、それはそれでけっこうなことだ。

「がんばってね」

ちなみに玲子が巡査部長昇任試験に合格したのは二十六歳のとき。翌年には警部補試験にも合格し、めでたくここ、刑事部捜査第一課殺人犯捜査第十係に取り立てられ、主任を拝命した。早いもので、あれからもう三年も経つ。

「ちょっと、主任も一緒に片づけてくださいよ」

「負けたんだから菊田がやって」

「そんな、大人気ない……」

確か、菊田が巡査部長試験に合格したのは、二十八のときだったといっていたように記憶している。年は玲子の三つ上、もう三十三歳だから、かれこれもう五年もデカ長をやっていることになる。だが、警部補試験を受ける気はまったくないらしい。少なくとも玲子は、これまでに菊田が勉強している姿など、一度も見たことがない。

要するに、ずっと玲子の部下でいたい。そういうことなのだろう。

立ち上がり、オセロが片づくのを待っていると、ふいに殺人班十係長、今泉警部と目が合った。今泉の隣には、管理官の橋爪警視がいる。

「……姫川、どこかいくのか」

「あ、ちょっと近所まで」

在庁だからといって、絶対に本部庁舎内にいなければいけない、というわけではない。たまたま出かけており、そこが本部より現場に近いというのはよくあることだ。なのに、なぜそんなことを訊くのだろう。

「何か」

「できれば、少し待ってくれないか」

「ああ、はい」

菊田を見ると、彼も小首を傾げていた。

それとなく、今泉たちの会話に耳を傾ける。

「……しかし、自殺なんでしょう？」

「いや、監察医は、断定はできないといっている。今、大塚に運んでる最中だそうだ」

話の流れからすると、「大塚」というのは監察医務院を意味しているものと思って、まず間違いない。

「誰が、断定できないっていったんですか」

「担当は……ああ、國奥先生みたいだな」

橋爪がいった途端、二人はそろってこっちを向き、粘っこい視線を玲子に投げかけてきた。監察医務院の國奥定之助といえば、玲子の親しい飲み友達だ。定年間近だというのに、玲子を恋人だと思い込んでいる、ちょっとユニークな老人だ。

ちょっと、嫌な予感がした。

案の定、今泉は「おい」と玲子を指差した。

「姫川、いってくれ」

「なんでですかッ」

確かに國奥とは親しい。だが、自殺だかなんだか分からない案件でわざわざ出向いて、あちこち歩かされた挙句に「解剖したら自殺でした」では骨折り損もいいところだ。殺人班の専門は、いうまでもなく「殺人」「他殺」なのだ。

「なんでウチなんですか。順番からいったら、二とか四の方が先じゃないですか」

ちょっと声が大きかったか、ずっと向こうにいる、二係と四係の何人かがこっちを向くのが見えた。だが、そんなことにかまっている余裕はない。

「だってお前、國奥さんとは、仲良しじゃないか」

「変な言い方しないでください。それとこれとは別問題です」

できるだけやりがいのある仕事を手掛けたい。そう思うのは、人間誰しも同じことだ。殺人班の刑事にとってそれは、いうまでもなく「いい殺し」に当たることだ。嫌らしい言い方になるが、「いい殺し」というのは、派手でマスコミ受けがよくて、証拠がそろっていて犯人を捕まえやすい殺人事件のことだ。

そんな、自殺かもしれない事件をやりたがる物好きなんて、少なくとも捜査一課には一人もいない。

嫌な想像の連鎖は続く。

もしこのまま出向いて、ちょっと調べているうちに「自殺」と検死結果が出たら、どうなる。殺人班の刑事は用なしになり、すごすごと本部に戻ってくる破目になる。そんなときに限って、自分たちがやるはずだった事件はもうどこか別の班に横取りされており、しかもそれがマスコミに大きく取り上げられ、挙句、派手な逮捕劇で幕を閉じたりする、かもしれないではないか。

嫌だ。そんなの、絶対に嫌だ。

だが、組織というのは「個」に対して非情なものだ。橋爪管理官は大部屋を見回してから、改めて玲子にいった。

「いけ、姫川。どうせこんなヤマだ、出すなら係を半分に分けることになる。だったら姫川、お前んところが打ってつけだろう。どうせいっつも半分なんだから、ちょうどいいだろうが」

殺人犯捜査の一個係は十人前後。それを二つに分けたのが「班」であり、十係でいえば「姫川班」と「日下《くさか》班」というのがそれに当たる。

実は、姫川班と日下班は、もう十ヶ月近くも一緒に捜査をしていない。それは、単にタイミングが合わなくてすれ違いになっている、というよりは、せっかく別れられたのだから別々でいようじゃないかと、互いにタイミングをずらし合っている、というのが本当のところだった。

そう、姫川班と日下班は犬猿の仲。できる限り一緒にはやりたくない。そこを突かれると、玲子は途端に反論がしづらくなる。

「……分かりました。ウチが、いきます」

今泉は安堵したように笑みを浮かべた。

「そうしてくれると助かる。遺体発見現場は北区赤羽二丁目、所轄は赤羽、よろしく頼む」

オセロの駒を集める菊田が笑いを漏らしたので、玲子は思いきりその脇腹肉をつねってやった。

悲鳴が、大部屋全体に響き渡った。

・

地下鉄、JRと乗り継いで、赤羽駅の改札を出たのは午後三時を少し過ぎた頃だった。さらに駅から赤羽署までは歩くと二十分ほどかかるのでタクシーを使った。署の前に横づけして降りると、ちょうど玄関を入ろうとしている石倉の後ろ姿が見えた。

「たもっつァーんッ」

ずんぐりとした背中がくるりと向きを変える。

「ああ、主任。お早かったですな」

これで姫川班の五人、全員がそろった。

改めて玲子が先頭に立ち、赤羽署の玄関を入る。ドアの脇には『赤羽駅前コンビニエンスストア強盗殺人事件特別捜査本部』など、いくつかの本部看板が掛けられていた。

そのまま警務課に向かい、身分証を提示する。赤羽二丁目で発見された変死体の件で出向いた旨を告げると、二階の刑組課強行犯捜査係にいくよういわれた。

その通りにし、刑組課の入り口で今一度名乗る。

「刑事部捜査一課、殺人班十係の姫川です」

「あ、ご苦労さまです」

入り口で待ち構えていた強行犯捜査係長の船越《ふなこし》警部補は、四十代半ばの、思いのほか腰の低い男だった。

「ささ、こちらにどうぞ」

刑組課の隣には小さな会議室があり、そこが本件の捜査本部になっているようだった。

「失礼します」

壁際に並んだ会議用テーブルには、発見現場から押収したのであろう品々が陳列されている。捜査員はおらず、室内には押収品目リストを作っている鑑識係員が一人いるだけだった。聞けば、國奥も遺体と共に大塚に帰ったということだった。

「通報は、今日の午後一時半頃にありました。女の声で、男が死んでいるので、見にきてほしいということで……」

船越の説明した事件の概要は、なんとも奇妙なものだった。

通報で告げられた住所は、北区赤羽二丁目の賃貸マンション、アリス赤羽イースト、五〇二号室。だが地域課警官二名が駆けつけ、呼び鈴を鳴らしたとき、応じる声はなかったという。試しにノブを回すとドアは施錠されておらず、中には簡単に入ることができた。

通報者は不在だったが、死体は通報通り存在した。奥の寝室、ベッドに仰向けで倒れている下着姿の男。首にはロープが巻かれており、それで絞められて窒息死したようだった。

現場保存をしつつ、彼らは本署に連絡を入れた。すぐに鑑識係員、強行犯捜査係員が駆けつけるが、やはり他殺か自殺かは判然としない。そこで監察医務院に検死を依頼した、という経緯のようだった。

「監察医の話では、ロープはぐるっと首を一周して、喉の前で捻じって交差してあるので、まあ、自分でやろうと思えばできる絞め方だし、誰かがやったというのなら、そういうふうにも見える……詳しくは解剖してみて、皮下出血について調べてみないとなんともいえない、ということなんです」

通常は検死結果を待ち、それが他殺であったならば、所轄が本部に協力を要請し、捜査一課殺人班が出張《でば》ってくる、という手順になる。だが今回は、通報した第一発見者が、警官の到着を待たずして行方をくらましている。そこに重大な事件性を感じとり、本部に連絡を入れたのだ、と船越はいう。

「……今現在、捜査員には何をさせています？」

玲子は右だけ手袋をはめ、押収品を手に取りながら訊いた。

「はい。できる限り捜査経験のある者を集め、地取りを、させております……が、依然として、通報者は発見できておりません」

「通報者が誰なのか、分かってるんですか」

「ええ。通報が現場の固定電話からでしたので、同室賃借人の、春川美津代であろうと、我々は見ております。ちなみにホトケはですね、管理人の証言によりますと、同室にて同棲をしていた男性ではないかということです。名前は、分かりません。ちなみに、春川美津代が独身であることは確認済みです」

部屋の主である女が、同棲相手の死亡を通報。直後に行方不明。

ひょっとすると、ちょっと「いい殺し」という可能性も、なくはないか。

にわかに、玲子はこの件に興味を覚えた。

「その、春川美津代の写真はあります？」

「はい、ございます」

「同棲相手のは」

「は……残念ながら、遺体写真しか」

もう焼き増ししてあったのだろう、船越は「春川美津代」なる女の顔写真を玲子たちに配った。

「職業は」

「ホステスです。マンションから歩いて五分くらいのところにある〝かえで〟というクラブで働いております。この界隈では、一番の高級店です」

「そこには当然……」

「ええ。捜査員を向けましたが、まだ閉まっているという報告を受けております」

「分かりました。では……」

時計を見ると、もうすぐ四時だった。

「六時で上がるように、捜査員には指示を出してください。それまでは我々も聞き込みに出ます。多少のバッティングは、この際大目に見てください。六時半から捜査会議、そこで改めて地割り（地取りの割り振り）をし直します。よろしいでしょうか」

「はい、了解しました」

やたらと威張る相手も苦手だが、この船越のように、同格なのに妙に謙《へりくだ》った態度をとる人間もやりにくいものだな、と玲子は思った。

そして玲子は、春川美津代を確保した。

まず菊田に連絡し、駅方面から引っ返してきた彼らに赤羽署への連絡を任せ、玲子は美津代の様子を探るのに専念した。

百七十センチある玲子よりは、だいぶ背が低い。百六十センチ、もしかしたらないかもしれない。体型は、ややぽっちゃりしている。だが、こういう方が好みだという男性も、けっこういそうな気はする。根拠はないが。

「寒く、ないですか？」

美津代はかぶりを振り、ポケットに手を突っ込んだ。そこから凶器を取り出す可能性も考慮しつつ見守っていると、彼女はタバコとライターを取り出し、また一本銜えて火を点《つ》けた。

まもなく赤羽署のパトカーが到着し、美津代は任意同行に応じてそれに乗り込んだ。短い道中、彼女は何も喋ろうとはしなかった。だが、意思の疎通ができないわけではない。玲子の問いかけに対しては、首を振ることで「イエス・ノー」を示していた。

署に着き、玲子はとりあえず美津代を二階の調室に入れておくよう、菊田に指示した。

玲子は刑組課にいき、船越に報告をした。

「春川美津代を確保しました。これから私が事情聴取をしますが、かまいませんね」

「はい……よろしく、お願いします」

「そちらから、どなたかの同席を希望なさいます？」

船越はしばし考え、かぶりを振った。

「いえ、あの……差し支えなければ、そちらでお願いしたいのですが」

つまり、記録係も本部捜査員で、ということか。

「何分その……いま講堂の方には、コンビニ強盗殺人の帳場が立っておりまして、そっちの方に、人員が取られてしまっておりますもので……」

なるほど。船越の妙な低姿勢の理由はそこにあったのか。

赤羽署の刑事は、大半が講堂の帳場に入ってしまっている。自殺か他殺かも分からない案件の捜査に人員を割《さ》く余裕は今のところない。かといって、第一発見者が行方不明のままそれを放置して、あとで大事になるのも困る。だから、本部から何人かきてもらって、そこに丸投げしてしまおうと。最初からそういう魂胆だったわけだ。

「講堂には、一課のどこがきてるんですか」

「殺人班五係と、六係です」

五係には勝俣《かつまた》警部補がいる。玲子は勝俣とも仲が悪い。あまり刺激するような真似は得策ではないだろう。

「分かりました。では、こっちはこっちで勝手にやらせてもらいます。でも、裏づけなどに多少は人員が要ります。はっきりいってください。こっちには何人回せますか」

眉をひそめ、船越は真剣に考える振りをした。

「三人……いや、四人」

たぶんそれが、地取りに出した人数そのものなのだろう。それでは、美津代を発見できないのも無理はない。

「船越さんを入れたら、五人？」

「いえ、私を入れて、四人……」

まあいいだろう。もともとそんなに期待はしていない。

「分かりました。三人でけっこうですから、うちの捜査員と一緒に待機させておいてください」

そう言い置いて、玲子は菊田の待つ調室に踵を返した。

席に着き、簡単に自己紹介をする。相手が被疑者ならば、ここで黙秘権やその他の権利について説明するのだが、美津代はただの第一発見者なので、その限りではない。

「通報なさったのは、春川さん……ということで、よろしいのでしょうか」

美津代は静かに頷いた。

「ではどうして、警官の到着までお待ちにならなかったのですか。鍵を開けっぱなしにするなんて、無用心じゃないですか」

それには応えない。

「どうして、お出かけになったのですか？」

「何か、ご用でもありましたか」

「亡くなったのは、一緒にお住まいになっていた方だと、管理人さんからは伺いました。お名前を、教えていただけます？」

色々誘ってはみたが、美津代は何一つ、リアクションを見せなかった。

しばらくすると、見知らぬ警官が玲子を呼びにきた。國奥から検死結果を知らせる電話が入っているということだった。通常の取り調べなら、誰か他の者に用件を聞かせてすませるのだが、これはあくまでも事情聴取だ。そこまで神経質に中断を拒むこともあるまい。

「ちょっと、ごめんなさい」

玲子は船越のデスクまでいき、受話器を受けとった。

「はい、姫川です」

『おお、姫ぇ、久しぶりじゃの』

「挨拶はいいから、用件だけお願いします」

チッ、という鈍い舌打ち。

『……相変わらず、冷たいことをいうの』

まだ定年前だから五十代のはずだが、國奥は見た目も喋り方も、完全なる七十代だった。まあ、そこが「ユニーク」なのだが。

「で、結果は自殺なの、他殺なの」

『やけに急《せ》くんじゃな。まあいいじゃろう。もったいぶるほどの結果でもない』

「だったら早く教えて」

國奥はそれでも、わざとらしく咳払いをはさんだ。

『……すまんが、分からんかった。わしにも他殺か自殺か、断言できん』

本気で受話器を叩きつけようかと思ったが、そんな空気を読んだか、國奥は慌てて『でもじゃな、でもじゃな』と、話に続きがあることを訴えた。

『あの遺体には妙なところがあるんじゃ。死亡時刻は、昨夜の午前一時前後じゃが、右半身だけ、死後硬直が解けるのがやけに遅くてな』

玲子はそこにいる船越に、発見時の遺体写真を出してくれるよう頼んだ。足元から撮った写真で確認すると、なるほど、遺体が寝ているのは、ベッドのやや右寄りの位置だ。

「ありがと。参考になったわ」

切ろうとしたが、國奥はなおも喰い下がった。

『姫、姫の好きな〝土瓶蒸し〟の旨い店を見つけたんじゃ。近いうち、どうじゃろう』

玲子は「このヤマが片づいたらね」といって、今度こそ受話器を置いた。


調室に戻ると、美津代はタバコを吸っていた。机の上には、マイルドセブン・メンソールの箱とライター、灰皿が出ている。

「検死結果が、出ました……」

玲子はそれを、そのまま美津代に伝えていいものかどうか迷っていた。実は他殺、つまり本当は彼女が殺したというのに、警察側がそうと断定できていないなどと教えたら、まんまと言い逃れの端緒を与えることになってしまう。自殺に決まってるでしょ、などといわれたら、それを覆すのは難しくなる。

だが、だからといって美津代が殺したと考えているのか、というと、それも違う。

先の國奥の指摘にあった、遺体右半身は死後硬直が解けるのが遅いという点。それは、何か温かいものが長時間右半身に乗っていて、体温が下がるのを遅らせたのが原因、と考えるのが妥当だろう。足下から見て、遺体はベッド右側に寝ていた。つまり、遺体から見れば、右側が空いていることになる。そこには普段、当然のことながら美津代が寝ていたのだろう。おそらく、昨夜も。ということは、遺体右半身に乗っていたものとは、美津代の体、そのものだと考えてまず間違いない。

美津代は、死んで冷たくなった男に寄り添って寝ていた。

これが何を意味するのかはまだ分からないが、彼女が殺した、というイメージとは、大きなズレがあるといわざるを得ない。

美津代は、長くなった灰を弾《はじ》いて落とし、そのまま、アルミの灰皿に吸いさしをねじり潰した。

そして、ふいに口を開いた。

「……私が、殺したんですよ」

右後ろで、菊田が息を呑む気配がした。だが玲子は、ひどく冷めた気持ちでその言葉を受け止めていた。

違う。あなたは、殺してなんていない――。

しかし、現段階ではそういうこともできない。

「誰を、殺したのですか」

美津代はまた黙り込んだ。

「あなたの部屋で亡くなっていたのは、一体誰なんですか。名前を、教えてください」

ゆるく、だが長く、美津代が息を吐く。

「……亭主です」

「それは〝内縁の夫〟という意味ですよね？　あなたは、戸籍上はまだ独身のはずでしょう。亡くなったのは、春川何某《なにがし》という、あなたの配偶者ではないはずです……誰なんですか、あの部屋で亡くなっていたのは」

また、だんまりを決め込む。

「春川さん。それが嘘だろうとなんだろうと、殺したといった以上は、警察はあなたを、このまま帰すわけにはいきませんよ。訂正するなら今です。本当のことをいってください。あの部屋で亡くなっていたのは誰なんですか。そしてその人は、なぜ亡くなったのですか」

「……あれは、私の亭主で、私が、殺したんです」

その日は仕方なく、春川美津代を赤羽署の留置場に入れることにした。

形ばかりの捜査会議を終え、玲子たちは押収品の並ぶ会議室で、赤羽署が用意してくれた仕出し弁当を食べた。

「……これ、何かしら」

押収品の中にある、洋菓子の空き箱のような、四角い赤い缶。他の四人は「さあ」と首を傾げるだけで興味を示さないので、仕方なく玲子が手袋をはめ、ビニール袋から出し、自分でその缶を開けた。中には、三十枚くらいの写真が入っていた。

「何これ……」

ほとんどは男の写真だが、何枚かは女の写っているものもあった。街中で隠し撮りしたようなアングルが多く、被写体になっているのはどれも暴力団関係者のような、危険な雰囲気の者ばかりだった。

妙な胸騒ぎを覚えた。

資料をまとめたデスクにいき、その写真の缶が現場のどこに置かれていたのかを確認する。Dの8。つまりベッド脇の、ライティングビューローの中か。

ちょうど、ビューローの蓋を開けた状態の写真があった。缶は正面左側に置かれており、その右には、何か白っぽい小さなものが、ぽつぽつと置いてあるように見えた。

「ノリ、この現場写真を撮った鑑識、呼んできて」

葉山は「はい」と箸を置き、手の甲で口を拭いながら部屋を飛び出していった。

ものの二、三分で、彼は一人の鑑識係員を連れて戻ってきた。もう帰られてしまったかと思ったが、いてくれてよかった。

「あなたが、この写真を撮ったの？」

「はい。鑑識係の、ミズシマと申します。巡査長です」

この際、そんなことはどうでもいい。

「ねえ、ここに写ってる、この白っぽい、ぽちぽちしたものは、なに？」

ミズシマが写真を凝視する。

「ああ……これはですね、なんか、箸置きみたいなものです。木で作った、こう、彫刻刀か何かで、削り出したみたいな」

写っている限りで数えると、そのぽちぽちは九個あるように見えた。美津代との二人暮らしで、箸置きが九個というのは多すぎるだろう。それとも、男はこれを販売でもしていたのか。

「これは、押収品にはないみたいだけど、持ってこなかったの？」

「ええ、これは、持ってこなかったですね」

「どうして」

「いや、どうして、と申されましても……」

玲子は無性に、このぽちぽちの現物が見たくなった。

「あたし、今からちょっと、これ見てくるわ。誰か一緒にいってくれる人」

手を挙げたのは、菊田一人だった。

「じゃ、早く食べよう」

二人して弁当の残りを掻っ込み、お茶で流し込んで署を出た。タクシーを使うか、署で自転車を借りるか言い合いになったが、そんなことをグダグダいっているうちに歩いた方が早いだろう、という結論に達した。

「菊田、あたし、寒いんだけど」

「肩を抱いて、よろしいですか」

「んーん。前を歩いてちょうだい」

そんなこんないっているうちに、アリス赤羽イーストに着いた。

管理人に身分証を提示すると、わりとすんなり出てきて、部屋まで一緒にきてくれた。

「ほんとに、驚きましたよ」

鍵を開け、照明を点け、現場となった寝室まで案内してくれる。

けます?」

「……ああ、ここね。はい、ありがとうございました。ちょっと、玄関で待っていただ

「はあ、かしこまりました」

玲子たちは早速寝室に入り、ライティングビューローの蓋を開けた。写真の通り、中には箸置きのような、だが写真よりはだいぶ黄色っぽい木片が並んでいた。手袋をはめ、その一つをつまみ上げる。

「何かしら、これ……」

一つひとつは、ややひょうたん形というか、確かに箸置きのような形をしている。だがよく見ると、丸みの片一方には小さな切り込みが三つある。両目と口と考えると、まあ、顔に見えなくもない。九つ全部に同じような傷があるから、偶然できたものでないことは明らかだった。

「ちょっと、すーっとする匂いがしますね」

本当だ。ちょっと爽やかな、いい匂いだ。

「檜《ひのき》かしら」

「青森ヒバ、とか」

玲子と菊田の知識では、それが限界だった。

　これらは、このライティングビューローを作業場にして彫られたもののようだった。天板の隅、板と板の隙間には、削りカスのような小さな木片が詰まっている。玲子はピンセットでそれをつまみ出し、持参したビニール袋に、箸置きモドキと一緒に入れておいた。

「明日、科捜研に出してみよう」

　だいぶ、玲子にはこの事件の全容が見えてきていた。


　翌日は、やるべきことが山ほどあった。

　まず大塚の監察医務院に出向いて、遺体の指紋を採取すること。それから桜田門にいって、昨夜押収した木片を警察総合庁舎八階の科学捜査研究所に持っていくこと。次は隣、警視庁本部庁舎の刑事部鑑識課に回って、遺体の指紋の犯歴照会をしてもらうこと。

　それから、缶に入っていた写真を、捜査一課強行犯捜査第二係に持ち込むこと。強行班二係は捜査資料担当。ここにだけは自分でいって直接頼みたかったので、今日玲子は菊田らに聞き込みを命じ、一人で出てきていた。

「林《はやし》さんなら、見覚えのある顔も、あるんじゃないかと思って」

　林警部補は資料畑の大ベテラン。玲子が、今泉係長の次に尊敬する警察官でもある。

「君が持ち込むものは、あれだね……なんか、いつも厄介だね」

「すみません。でも頼めるの、林さんしかいないんです」

ふんふんと鼻を鳴らしながら、林は三十一枚ある写真をテーブルに並べていった。

「被写体は、七人だね」

そう。玲子も、同じ人物について何枚かずつ撮ってあるのには気づいていた。が、どれとどれが同一人物であるとか、全部で何人かとか、そういうところまでは分かっていなかった。さすが、林だ。

彼はすぐ、無数のファイルが納められているスチール棚に踵を返した。そしてほとんど迷うことなく、三冊ほどを選び出した。テーブルにそれらを広げる。そこには、まさに写真の人物についてのデータが記載されていた。

「この男は、これ。大和会系暴力団、白楼会《はくろうかい》の若頭だった岩倉孝信《いわくらたかのぶ》。二年前に射殺されている。ホシは挙がっていない。それからこの女は、白楼会の企業舎弟、イベント企画なんかを手掛けていた会社の女社長だった、中谷優子《なかたにゆうこ》だ。これも殺されてる。扼殺《やくさつ》だ。それからこの男、木村純一《きむらじゅんいち》は、白楼会とは関係ないが、シャブの密輸をやっていた。これも射殺。三年前だな。その他四人は、今すぐにはちょっと分からないが、根気よく探していけば、きっとみんな、殺されてるんだと思う」

よく分かった。おおむね、玲子の思った通りだ。

「ありがとうございました。大変参考になりました」

林は、どうってことない、というふうに頷き、写真をまとめた。

「どうする。残りの四人についても調べておこうか」

「はい、お願いします」

「ちょっと待ってろ。すぐ、パソコンに読み込んじまうから」

そんなこんなしているうちに、鑑識課から連絡が入った。

「はい、姫川」

『鑑識の上田《うえだ》です。指紋の人物、前科《マエ》がありました』

「そうですか。詳しく教えてください」

『はい。氏名、キシタニセイジ。普通の〝岸谷〟に、〝清い〟〝次〟で、清次。岸谷清次。昭和三十×年九月二十八日生まれ、四十四歳。十代の頃から札付きのワルで、十七歳のときに傷害致死で少年刑務所に一年二ヶ月入ってます。二十歳を過ぎた頃から暴力団事務所に出入りするようになり、二十三歳のときに大和会系の三次団体、吉田《よしだ》組の構成員に。二十九歳のときに殺人罪で十一年の懲役を喰らってますが、八年で出てきています。当時三十七歳。以後は公式な記録に載るようなことはしていません』

なるほど。これで数もぴったりだ。

「ありがとうございました」

玲子は林にも「引き続きよろしくお願いします」と頭を下げ、二係をあとにした。

午後一時には赤羽署に戻った。また会議室で仕出し弁当を食べ、午後二時には美津代を呼び出して取り調べを再開した。

「昨夜は、眠れましたか」

美津代は「まあまあ」とでもいうように、顎を出して頷いた。

「そうですか。それはよかったです……お陰で、こちらもいくつかのことが分かりまして、だいぶ、あなたの言動、行動についても、納得ができるようになりました」

きゅっと眉をひそめ、美津代は玲子を見た。

「あなたが教えてくれないので、調べてきました。あなたの部屋で亡くなっていたのは、岸谷清次、という男ですね」

視線は勢いをなくし、沈むように下へと向いていく。

「あなたと同棲していたのは、岸谷清次、ですよね」

折れるように、美津代が頷く。

「何せ一見したところは自殺でしたし、あなたも一時は行方不明になりましたけど、でもすぐに見つかったので、誰も遺体の指紋を調べようとはしなかったんです。ここの署の人は。あなたに訊けば分かると思ってたんですね……まあ、それは私もそう思ってましたけど。でも、教えてくれないいんじゃね、調べるしかない。……あなたは、彼に前科があることを、ご存じでしたか？」

頷いたような、かぶりを振ったような。

「ご存じ、でしたよね。だって、身元を隠そうとしたんだもの。……それから、それ以後のことについてはどうですか。十七歳のときの傷害致死、二十九歳のときの殺人罪……」

美津代は、痛みを堪えるように、その目を固く閉じた。

「それ以後の罪については、ご存じありませんでしたか」

奥歯を嚙み締める。眉間《みけん》に深いしわが寄る。

「具体的に、申し上げた方がよろしいかしら。……彼が、プロの殺し屋だったことを、あなたは知っていましたか？」

透明な雫《しずく》が一つ、睫毛《まつげ》の間から押し出され、机の上に落ちて弾けた。

「あなたが、彼についてのすべてを、その胸に一生しまっておこうとするのは、理解できます。私も、同じ女ですから。でもそれは、今あなたが思っている以上に、とても苦しいことですよ。……気持ちの準備ができたら、話してください。私はここで、ずっと待っていますから」

玲子は肩越しに振り返り、菊田に外に出ているよう指示した。

大半の捜査員を講堂の帳場にとられているためか、刑組課のある二階は実に静かだった。ときおり遠くで電話が鳴り、船越が応ずるのが聞こえるが、事務的な用件が多いらしく、すぐに切ることがほとんどだった。

美津代は目を閉じたまま、静かに語り始めた。

「……岸谷と出会ったのは、六年ほど前です。私がまだ三十一か二で、あの人が三十八。出所して、すぐの頃です……」

当時、新宿のクラブで働いていた美津代は、おしぼりの配達で店に出入りしていた岸谷と知り合った。それだけなら関係は持たなかったのだろうが、近所の居酒屋でも度々顔を合わせるようになり、二人の仲は急速に、親密になっていった——。

「寡黙な人でした……でも、たまに笑うと、なんか子供みたいで、可愛くて……」

まもなく大久保のアパートで同棲するようになるが、半年くらいして、岸谷は「逃げよう」といい出したという。

「なんか、人目をはばかるように、明け方に、真っ蒼《さお》な顔で帰ってきて、逃げよう、すぐ東京を出ようっていうんです。私、なんだかよく分からなかったけど、あの人の様子が只《ただ》事《ごと》じゃなかったんで、うんって……一緒に、ついていきました。それからは、各地を、転々としました。新潟、仙台、大阪、福岡……でも、どこにいっても、誰かがあの人を、追っかけてくるようでした。誰が追ってくるのかは、私には分かりませんでしたけど、とにかく……何かが、あの人を追っかけてくるんです」

そこまで全国規模の組織となると、玲子には一つしか思い当たるものがない。日本最大の広域指定暴力団、大和会。あれに魅入られたら、少なくとも日本国内には逃げ場がなくなる。

まるで、自らも何者かに追われているかのように、美津代は表情を強張らせた。

「……それで、三年前、この町にきて、すぐのことです。私が仕事から帰ってきて、部屋のドアを開けると、三人の男が、後ろから押し入ってきました。岸谷は留守で、私は、二時間か、三時間か……その三人に刃物で脅されながら、岸谷が帰るのを待ちました。当時、トラックの運転手をしていたあの人は、朝方帰ってくることが多かったんです……」

落ち着こうとするように、美津代は深く息を吐いた。そのとき感じた恐怖が今、当時のまま、彼女の中に蘇ってきているのだろう。

「……あの人は、三人の顔を知っているようでした。玄関に入った途端、動くな、動くとこの女を殺すと脅されて、あの人も身動きができなくなりました。岸谷は、彼らの用件も分かっているようでした。何か、もうほっといてくれとか、そっとしといてくれとか、そんなふうにいってましたが、そうはいかないと、三人は譲りませんでした。そのうち……一人が私を押し倒して、岸谷の目の前で……それで、岸谷は折れました。分かった、引き受ける……そのひと言で、すべての収まりが、ついたようでした」

その直後の岸谷は、かえってそれまでよりも明るくなったというか、何か吹っ切れたような感じだったと、美津代は振り返った。

「……その、一週間くらいあとです。岸谷は、ふた晩留守にするといって、出ていきました。約束通り、ふた晩経って、あの人は帰ってきました……私は店から帰って、もうベッドに入っていましたけど、眠れはしませんでした。それで、ドアの鍵が開いたので、慌てて玄関に飛び出していくと……」

美津代の唇が、震え始めた。

「あの人が、引き攣《つ》った顔をして、立ってました。なんか、泣いてるっていうか、笑ってるっていうか。ピクピク、頬を震わせて……それで、何か、臭《にお》った気がしたんです。ツンと鼻を突くような、火薬みたいな臭いでした。私がそれに気づいたことに、岸谷も気づいたようでした。風呂場にいって、服のまま、袖も捲《まく》らないで、水でじゃぶじゃぶ、手を洗って……ときどき、自分で臭ってみて、まだ消えねえ、まだ消えねえって……そのうち、掃除用の、ステンレスのタワシでこすり始めて……消えねえんだ、消えねえんだって、ごしごし、ごしごし、右手をこすって、もう、血が出てるのに、あの人それでも、消えねえんだ、消えねえんだって……あんた、もうやめてって、私が抱きついて止めても、消えねえよ、消えねえよって、泣きながら……それで、私も悟りました。あの人が、何をさせられてきたのかを」

玲子がハンカチを差し出すと、美津代はかぶりを振って、ポケットから自分のを出した。

「……何日かして、あの人は、どこからか、これくらいの、木の切れ端を、持って帰ってきました」

彼女が手で示したのは、人差し指と親指を軽く広げたくらいの長さだった。

「ちょっと、すーっとした匂いのする？」

「ええ……あ、刑事さん、見たんですか」

玲子はできるだけ穏やかに頷いてみせた。

「あれ、お地蔵さん、なんですよね？」

美津代は照れたように笑い、だがすぐに表情を崩してしゃくり上げた。

「……最初は、三つ、作りました。昔、二人殺してる、これで三人目なんだって、あの人、いってました。……地蔵には、見えねえよな、下手《へた》だよな、ごめんなって……誰に、謝ってたんだか……私がインテリアで置いておいたライティングビューロー、あの人、勝手に仏壇みたいにしちゃって……。その後も、一つずつ、あのちっちゃなお地蔵さんは、増えていきました。あれを彫ってるときのあの人、ほんと無表情で、魂がどっかいっちゃってるみたいな顔をしてました。俺が殺してるのは、組の、利権争いの、整理とか、始末とか、そういうことだから、カタギの人を、殺すわけじゃないからって……なんか、そういう一線は、あの人の中にも、あったみたいで」

思い出したように、美津代はタバコに手を伸ばし、一本銜えた。ゆっくり吸えばいい。玲子はそう思ったのだけれど、美津代はそれも落ち着かないらしく、三口くらい吸って、すぐに消してしまった。

「……そんなでも、あの人はあの人で、たくさん、傷ついていたんです。私には、あの人の心が、がり、がりって、削り取られていくのが、目に見えるようでした。……寝てても、ガバッと起きることがよくあったし、すごい寝汗をかくし、起きてても、どっかで誰かが自分を狙ってるんじゃないか、後ろに誰かがいるんじゃないかって、始終、怯えるようになって……。私が店に出るのが、とにかく心配なようでした。店の出入り口から、ちょっと離れたところで、終わるのをいっつも待ってて。で、私が店から離れて、ちょっとしてから、すすすって、近寄ってくるんです。それで、よかった、よかったって、何度もいうんです……子供みたいな顔して」

玲子は、お茶を一杯淹れて出した。美津代はすみませんと、ひと口含んで目を閉じた。

「美味しい……」

それで、だいぶ落ち着いたようだった。目はタバコに重ねた百円ライターを見ていたが、美津代は、なかなか吸おうとはしなかった。

「……別れよう。あんたは私と一緒だから、そんな仕事を引き受けなきゃならないんでしょ。だったらいっそ、別れようって、私は何度もいいました。でも、お前と別れるくらいなら、死んだ方がマシだって……そういうこといわれたら、ねえ……女なんてバカだから、地獄まで一緒にって、思うじゃありませんか……なのにあの人、勝手に、一人で逝《い》っちゃって……店から帰ってきたら、首にロープが巻いてあって、もう、息はありませんでした。……泣きましたよ。でも、変なもんですね。ほっとしたんですよ、私、心のどこかで。ああ、もうこの人、苦しまなくていいんだな、楽になれたんだなって……」

もうひと口、お茶で口を湿らせる。

「九人殺して、本当に擦り切れちゃったのか、それとも、何か別のきっかけがあったのか……もしかしたら、今度こそ、自分にも言い訳できない、カタギの人を殺す仕事を、言い渡されたのかなって、ちょっと思いました……そこんところは、分かりませんけど」

そのまま美津代は岸谷に添い寝し、ひと晩明かし、昼になって、一一〇番通報をした。

「ねえ、どうして通報したのに、逃げちゃったんですか？」

美津代は首を傾げ、複雑な笑みを浮かべた。

「なんででしょうね……なんせ、もう死んでから、ずいぶん経っちゃってたでしょう。もう、誰が見たって、病院って感じじゃないし。警察呼んだら呼んだで、昨日の晩から、どうして今まで放置してたんだ、何をしてたんだって、訊かれるだろう、そしたら、答えようがないじゃないですか。なんか、どうしたらいいか、分かんなくなっちゃって、それで……逃げちゃったんです。

で、ぶらぶらしてるうちに、結局、あの人を殺したのは、私なんだよな、って思い始めて。じゃあ、これで警察に捕まったら、私が殺したんだっていって、私を、刑務所に入れてもらえば、ちょっとはなんか、帳尻が合うんじゃないかって……そんな気が、したんですよ」

玲子はそれから、美津代を捜査本部になっている部屋に連れていき、押収した品々を見せた。しばらく預かる物、調書ができたらすぐに返せる物とを選り分け、書類に押印させた。

「あの、お地蔵さんは……？」

当然だが、周りにいた菊田たちは、美津代が何をいっているのかまるで分からない様子だった。

「一個だけ、本部の鑑識がお借りしてます。でも、すぐにお返しします。大切な形見ですものね」

美津代は笑みを浮かべて頷いた。こういう顔に、岸谷は惚れたんだろうなと、玲子はちょっと、納得がいったような気がした。


翌日は、午前中から忙しかった。

結局はただの自殺。岸谷が死亡してしまった以上、彼が過去にどんな罪を犯していようと、すべては不起訴。これ以上ないというくらい「闇から闇へ」な話だ。

だが玲子は、不思議なほどこの件を最後まで手掛けたいという意欲に駆られていた。今も本部の捜査一課の大部屋にすべての資料を持ち込み、自分の机の使い慣れたパソコンで調書を作成している。

「主任、お電話です。科捜研の大山《おおやま》さんです」

切り替えてもらうのも面倒なので、玲子はそのまま向かいの湯田から受話器を受けとった。

「はい姫川」

『ああ、大山です。例の木片、なんだか分かりましたよ。いま口頭でいいましょうか、それともこっちにきますか』

「いくわ」

誰にも書類を触らせないよう湯田にいいつけ、玲子はそのまま大部屋を出た。連絡通路から警察総合庁舎に渡り、面倒臭いので八階までは階段で上った。

「失礼します、捜査一課の姫川です」

「……ああ、すいません、わざわざ」

大山はまだ若い、二十代後半の専門技師だ。奥の方から、事務机の並ぶ手前の部屋まで出てきてくれた。手には例の木片が入ったビニール袋を持っている。

「……これ、シキミ、という木ですね」

「シキミ？」

むろん、玲子には聞き覚えがない。

「ええ。モクレン科の常緑樹で、中華料理とかに使う、ハッカクに似た形の実をつけるんですが、これがなんと、猛毒を持ってるらしいんです。枝は仏前に供えたり……神前でするところの、榊《さかき》みたいな感じですかね。葉はお線香を作る材料にもなる。そしてこの、木の部分はですね、数珠《じゅず》の材料にするのが一般的みたいです。正しくは、木偏に〝秘密〟の密で〝樒〟と書くそうですが、木偏にホトケと書く場合もあるらしいです。旧字体で〝佛〟と」

なるほど。おそらく岸谷はこういうことも知っていて、自分なりに弔いの方法として、このシキミで地蔵を彫ることを考え出したのだろう。

「ちなみに語源ですが、〝悪しき実〟の〝ア〟がなくなって〝シキミ〟になった、という説があります。まあ、猛毒の実をつけるってところに着目した、ネーミングなんでしょう」

悪しき実。それは岸谷にとって、一体何を意味したのだろう。

十七歳のときに起こした、傷害致死事件か。それとも、二十歳の頃に身を投じた極道の世界か。二十九歳のときの殺人か。それとも、美津代との出会いか。彼女がいうように、美津代との出会いが、岸谷の人生を狂わせたのか。

それにしても、許せない――。

広域指定暴力団、大和会。

玲子は、日本全土に暗雲の如く垂れ込める「悪」の存在を、初めて現実のものとして意識した。そしていつか、自分もそれと対峙しなければならなくなるかもしれない。そんな予感に打ち震えた。

手紙

東京都千代田区霞が関。警視庁本部庁舎六階。

玲子は、俗に「C在庁」と呼ばれる自由待機、要するに休暇を終え、二日ぶりに捜査一課の大部屋へと戻ってきた。

「おはよ」

捜査一課殺人班十係、姫川班の面々はすでにそろって席についていた。

「おはようございます」

石倉保巡査部長、菊田和男巡査部長、湯田康平巡査長。葉山則之巡査長は風邪気味か、鼻にティッシュを当てながら会釈をしただけだった。

玲子がバッグを自分の席に置くと、すぐあとから十係長の今泉警部も入ってきた。

「おはようございます」

班員も倣《なら》って挨拶をする。今泉は軽く「おはよう」と応じ、それから改めて玲子を見た。

「……お前、どうだ。腰の具合は」

そう。玲子はつい先日送検を完了した事件の捜査中に、腰を負傷したのだ。

犯人は、交際中の五十三歳の女性を殺害した、四十六歳無職の男性。その住居に踏み込み逮捕しようとした際、揉み合いになって負傷した、と関係書類には記したが、実際は違う。本当は雨で結露していた管轄所轄署の階段で足をすべらせ、七段ほど転げ落ちて腰を強打したのだ。

「……走るのは、ちょっと無理ですけど、歩くのは問題ないです。あと肘と、ちょっと足首が」

パンツの裾をめくり、包帯を巻いた左足首を見せる。

「大事《おおごと》だな……ま、次はせいぜい気をつけてくれ」

石倉を除く三人が低く笑いを漏らす。玲子はそれらを一瞥し、改めて今泉のデスクに向かった。

「それより係長、あたしと、最初に会ったときの事件のホシって、覚えてます?」

今泉はコートを脱ぎ、椅子を引きながら「うん」と頷いた。

「……目黒《めぐろ》、だったか。お前が挙げた、OL殺しのアレだろう」

「ええ。あのホシから、仮釈になりましたって手紙をもらったんで、あたし、会ってきたんですよ」

椅子に座った今泉が、味付け海苔のように濃い眉をすぼめて玲子を見上げる。

「……いつ」

「昨日です」

「なんでまた」

「だから、手紙をもらったからですよ」

「手紙って、自宅にか」

玲子は扇ぐように手を振ってみせた。

「まさか。最初は目黒署に届いたみたいなんですけど、誰かが調べて、ちゃんとこっちに転送してくれたんです」

「それを読んで、会いにいったのか」

「そうです」

今泉は「分からん」とでもいいたげにかぶりを振った。

「何も、わざわざ自分からいくことはないだろう。警察官に対するお礼参りって例も、決して少なくはない。現にアレは取り調べ中、まったく改悛の様子を見せなかったじゃないか」

「ええ……ですけどね」

玲子はポケットに入れておいた手紙を出し、今泉に向けた。

「ほんと、人が変わったみたいな文面だったんで、あたしも興味が湧いて、それで会いにいったんです。もちろん、手紙があたしをおびき出す手段で、いきなり後ろからブスッ、て可能性もなくはないと、一応考えてはいたんで、細心の注意は払いましたけど……」

へえ、といいながら、湯田が寄ってくる。

「その事件がきっかけで、主任は一課に引っ張られたんですか」

「そ。あたしもまだ、当時は部長（巡査部長）でね」

向こうでは菊田が、わけ知り顔で頷いている。

「すぐ本部にこいっていわれてたんだけど、人事がもたもたしてる間に、あたしがブケホ（警部補）の試験に受かっちゃったから、そのあと一回異動になって、それからここにきたってわけ。……ですよね、係長」

今泉が、変な形に唇を歪めて頷く。

「……なんですか。その、早まったことしちゃったな、みたいなリアクションは」

「いや、別に。そんなことはない」

「感じ悪いですよ」

「そりゃすまなかったな」

何が面白いのか、湯田はやたらと目を輝かせた。

「聞かせてくださいよ。その、係長の目に留まったっていう、主任の、デカ長時代の武勇伝」

「いーわよォ」

今泉が軽くかぶりを振る。だが玲子はかまわず、湯田にコーヒーを淹《い》れるよう命じた。

在庁の、いい暇潰しが見つかった。


玲子は入庁四年目、二度目の挑戦で見事、巡査部長昇任試験に合格した。その昇進によって、卒配（警察学校卒業後の配属先）の品川署から碑文谷《ひもんや》署に異動になり、同署交通課規制係の主任を拝命していた。

事件が起こったのは、その年が明けて半月ほどした頃だ。

「はあ……分かりました。じゃ、そういうことで」

当時の係長は、内線電話を切るなり玲子を指差した。

「姫川。お前、確か品川じゃ、強行班にいたんだったよな」

「はい、そうですけど」

「コロシで目黒に帳場が立つっていうから、お前、ちょっといってやってくれんか」

目黒署は碑文谷署の隣、目黒区の北東部を管轄する警察署だ。そこに捜査本部が設置されれば応援を出すのは当然だが、だからといって、何も交通課規制係の主任である自分がいく必要はないだろう。

「なんで刑事課が出さないんですか」

「あっちはもう渋谷に二人、世田谷に一人、高輪《たかなわ》に一人貸し出してる。もうこれ以上は無理だって、泣きつかれたんだよ」

さも迷惑そうに内線電話を指差す。

「頼むよ、姫川。だってお前……コロシ、好きなんだろう？」

なんと人聞きの悪い言い方をするのだろう。

「ええ、まあ……嫌いじゃないですけど」

「よし、決まりだ。頼む。いってくれ」

そんなわけで玲子は、目黒署の『中目黒ＯＬ殺害事件特別捜査本部』に派遣されることになったのである。


山手通り沿いに建つ八階建てのそれは、ミルクキャラメルみたいな色に仕上げられた外観がなかなかお洒落な警察署だった。

その六階。講堂に設置された捜査本部には、玲子が到着したときすでに二十人超の捜査員が集まっていたが、打ち合わせが始まる頃には、それも四十人に達しようとしていた。

「じゃあちょっと、集まってくれ」

本部から出張ってきたのは捜査一課殺人班十係。あとから知るのだが、その声をかけたのが十係長、のちに玲子の上司となる、今泉春男警部であった。

「今から、事件の概要を説明する」

玲子は講堂下座に集められた捜査員に交じり、今泉の話を聞いた。

今日一月十五日月曜日、朝六時九分。目黒区中目黒五丁目の児童公園を散歩中の近隣住民が、血だらけになって倒れている女性を発見、一一〇番通報した。七分後には目黒署地域課の警官が発見現場に到着、女性の死亡を確認した。

同署刑事課は殺人事件と認知し、強行犯係員と鑑識係員を臨場させ、駆けつけた機捜（機動捜査隊）と共に初動捜査を開始した。

鑑識係員が検分したところ、コートのポケットにあった財布の中身から、マル害女性は同じ町内に居住する四十二歳の会社員、杉本《すぎもと》香苗《かなえ》と判明した。

香苗は独身。勤め先はワダ電設株式会社。同社は主に空調設備の販売、取り付け工事をする会社だという。

東朋《とうほう》大学法医学教室における検死の結果、マル害は胸部、腹部を三ヶ所刺され、失血死したものと判明した。死亡時刻は昨十四日日曜日の、夜十一時前後と推定された。

「それでは、捜査員の割り当てを発表する」

殺人事件などの捜査では、警視庁本部からきた捜査員と、その現場を管轄する所轄署員を組ませるのが定石である。ただ、本部から出張ってくる刑事は一個係なら十人前後。機捜を入れても二十人に満たない。この手の帳場では普通、捜査員の数は四十人以上になる。ということは、玲子のように人数合わせで呼ばれた者は、本部捜査員とは組まれない勘定になるが。

「そこ、女性二人、組んで。……で、せっかくの女性ペアだから、会社の事情聴取に回って」

案の定、玲子が組むよう指示されたのは、品川署から呼ばれてきた三十四歳の盗犯係員だった。

その、高野真弓《たかのまゆみ》巡査部長と短く挨拶を交わし、共に敷鑑捜査の班に合流した。班長は捜査一課十係の入江《いりえ》という四十代の主任警部補。敷鑑担当は全部で三組六人になった。

「割り振りは向こうにいってから決める。会社住所はここ。歩いていける距離だろう」

といっても、住所からするとワダ電設は目黒駅のずっと向こう、たぶん首都高速二号線の辺りだ。管轄でいえば大崎署。決して近いといえる距離ではない。ただ、刑事というのは歩きが四割、書き物四割、残りの二割は会議と待機という仕事である。玲子もこの時点で一年くらいは刑事の経験があった。歩くのを一々苦にはしない心構えはできていた。

四人分の、垢抜けないコートの背中を見ながら目黒署を出発する。山手通りから目黒通りに入り、ひたすら駅へと向かう坂道を往く。

「……姫川さんは、おいくつ？」

並ぶと玲子よりだいぶ背の低い高野は、顔立ちは十人並みだが、目つきと張りのある声に気の強さを窺わせる女だった。

「はい。二十六です」

まあ、気の強さで負ける気はしないが。

「じゃあ、刑事は二年くらい？」

「いえ、一年とちょっとです」

「あらそう……」

なんだ。経験年数で優位に立ち、主導権を握ろうというのか。

自分は、年数は短くても品川でコロシと強盗を一件ずつ挙げている——といいたいのは山々だったが、やめておいた。こういう輩を出し抜くには、猫をかぶっておく冷静さも必要だ。

さして会話が弾むでもなく、十数分歩いて目的地に着いた。

まず入江主任が会社社長に事情を説明し、出社している社員全員の名前を挙げさせた。それを各組に割り振り、事情聴取に入る。入江組は社長と営業主任、もうひと組の男性ペアは営業マン一人と取り付け作業員二人、高野と玲子は女性事務員三人に、それぞれ順番に話を聞くことになった。すでに午後になっていたため、外回りに出ている営業マンや作業員については、夕方か後日改めてということにした。

玲子たちが最初に話を聞いたのは、伊藤静江《いとうしずえ》というマル害の一つ年下、四十一歳の女性だった。

「昨日の夜は、実家にいました。住所は、杉並区の高井戸です」

「失礼ですが、それを証明できる方はいらっしゃいますか？」

高野の聴取は、まあ特別当たりのきついものではなかった。ベテランだけあって、それなりに聞き出し方は心得ている。ここは下手な口出しはするまい、と玲子は思った。

「十時頃に、近くのコンビニにいきましたけど。ああ、えっと……これ、そのときのレシートです」

この店にいって、監視カメラ映像を確認すれば、彼女のアリバイは問題なく成立することになるだろう。高野はそのレシートを預かるといい、自身の指紋を付けないよう手帳にしまった。

「杉本さんは、どんな女性でしたか」

伊藤はしばらく答えづらそうにしていたが、やがて「実は」と語り始めた。

マル害、杉本香苗は、なんと個人で高利貸しを営んでおり、その顧客は社の内外を問わず、二十人以上はいたはずだという。

「……ほんとに、私がいったって分かっちゃうと、困るんですけど。そういうことで、人間関係ギクシャクさせたくないんで」

「ええ、もちろん。伊藤さんから伺ったことは、警察以外には誰にも漏らしません」

伊藤は、社内なら社長、営業マン、作業員の何人かまで、かなりの人数が得意客になっていたようだと付け加えた。

「なんでまた、社長まで」

思わず玲子が口をはさむと、高野はさも迷惑そうに目を閉じたが、伊藤がそれを気にした様子はない。

「社長……けっこう恐妻家で、そのくせ、飲み屋の女とダブル不倫してるんですよ。だからきっと、内緒のお金がほしかったんだと思います」

「その不倫相手の名前は、伊藤さん、ご存じ？」

「いえ、そこまでは」

次に話を聞いた中村知子《なかむらともこ》という三十五歳の女性事務員は、さらに興味深い発言をした。

「香苗さん、期日に払えないと、肉体関係を迫るって聞いたことあります。うちに出入りしてるメーカーの営業の人も、そういわれて、慌てて返したっていってました。だから、貸すのは基本的に男だけ、って感じだったみたいです」

ここにきてから入手した、杉本香苗の写真を改めて見る。

まあ、取り立てて不細工ではないが、お世辞にも美人とはいえないタイプだ。社員旅行でのスナップか。浴衣姿の香苗は、伊藤と中村にはさまれる位置で、実に楽しそうにピースサインを決めている。

司法解剖により、マル害の身長は百五十九センチ、体重六十五キロ前後と分かっている。写真に写る彼女の上半身は、まさにそれを裏づけるような丸みを帯びている。お世辞にもいいスタイルとは言い難い。いってしまえば中年太り。なるほど。この体型で借金の形《かた》に肉体関係を迫られたら、男は堪《たま》ったものではないだろう。

「杉本さんは独身だったようですが、恋人は？」

中村は、あからさまに馬鹿にした笑みを浮かべた。

「いるはずないじゃないですか。このルックスで、大酒飲みで、お金だけが頼りで、挙句借金の形に……ですよ？　だから男がいないのか、男がいないからそうなったのかは分かりませんけど」

最後に話を聞いた武田由貴《たけだゆき》は、あまり付き合いがなかったのか言葉を濁すことが多かった。

「……そういうことは、よく分かりません」

年齢は二十八歳。三人の中では一番若い女性事務員ということになる。細身の、まあ化粧次第では美人にも見えるかな、といった微妙な顔立ちである。ただ美醜以前に、雰囲気がどうしようもなく暗い。それも手伝ってか、肌は白というよりむしろ灰色がかっているように見えた。

「これ、伊藤さんからお借りした写真なんですけど、武田さんは写っていませんね。シャッターを押したのが、武田さんだったんですか？」

高野が写真を向けても、これといって表情を変えない。

「……その旅行、私、いきませんでしたから」

声は、今にも井戸から顔を出して皿の数を数え始めそうな調子だ。

「あまり、杉本さんとはお付き合いがなかったですか」

「ええ……私は、あまり」

「武田さんは、社内では、どなたと親しいのですか？」

それには無言でかぶりを振る。

「お住まいは、どちらでしたっけ」

「……三軒茶屋《さんげんぢゃや》です」

とすると、毎日の通勤は東急田園都市線でいったん渋谷に出て、ＪＲ山手線に乗り換えて目黒、ということになるか。

「昨夜の十一時頃は、何をしていらっしゃいました？」

「……家で、テレビを、見ていました」

「ご実家ですか」

「……いえ、一人暮らしです」

「ごめんなさい。その、テレビを見ていたというのを、証明してくださる方は、いらっしゃいますか」

玲子はいつも、この質問って馬鹿げてるよな、と思いつつ自分でも訊いたりしている。そんな、夜中の行動なんて一々証明できない方が普通だろう。だがそれを、刑事はどうしても訊かなければならない。因果な商売である。

「……いないです」

そうでしょう、そうでしょう。

「では、また何か思い出されたりしたときは、お知らせください。本日は、ありがとうございました」

玲子たちは女性三人の話を聞き終え、その頃には作業員が六人ほど戻ってきていたので、彼らにも話を聞いて、夜七時頃に目黒署に戻った。

大半の地取り班捜査員が戻った八時頃から、初回の捜査会議は始まった。玲子たちは講堂に並べられた会議テーブルの最後列に座った。

「起立……敬礼」

これまでに三回、玲子はこういった本部捜査を経験している。殺人で一回、強盗で一回、強盗殺人で一回。幸運にもその中の二回で、玲子は犯人逮捕に直接関わることができた。そのため、こういう会議には慣れているという自負があったし、今回も何かやれるのではないかという予感があった。しかし、

「報告は私がするから」

高野のそのひと言で、すべては脆《もろ》くも崩れ去った。

「はあ……じゃあ、お願いします」

まあ、年は明らかに高野の方が上なのだ。致し方ないといえば致し方ない。

今泉警部が上座でマイクをとる。

「まず、現場鑑識。浅山《あさやま》主任」

玲子たちの三つ前の席にいる、青い鑑識服の男が立ち上がる。

「はい。遺体発見現場で採取されたものの中で、犯人の遺留品と断定できるものは、本日のところはありませんでした。毛髪が十一種類、内一種類はマル害、七種類が男性、三種類が女性と思われます。別に犬猫の類が十三種類。ナイロンの繊維片が五種類、吸殻が七種類。内三種類からは、マル害の血液型と一致する、A型の唾液が検出されました。……それから、ペットボトルのフタが二つ、十円玉が一つ、駄菓子の包装紙が一枚、焼き鳥か何かの串が二本……」

他にも色々あったが、要するに、ゴミと大差ないものばかりだった。

「……採取品目は、以上です。次に靴痕跡ですが、こちらは六人分採れました。内、第一発見者、最初に臨場した地域課警官、マル害のものを除くと、残り三種類はすべて男性と思われるものでした。二十六センチのスニーカー、二十七センチのスニーカー、二十七センチの革靴。現在メーカーの割り出しを行っております」

さらにそのうちの、二十七センチのスニーカーの足跡がマル害を殺害、大通り方面に逃走したと思わせる動線を描いているため、まずこれの出所を割り出す方針であるとし、鑑識の報告は終わった。

「では次、地取り。一区から。日下主任」

「はい」

ここで指名を受けた日下警部補とはのちに犬猿の仲になるが、このときは玲子の席が一番後ろだったせいか、顔もあまり印象に残らず、特に嫌悪感を抱くことはなかった。

地取り捜査には十組以上を配していたが、これといった収穫はなかったようだ。犯行現場を目撃したという地域住民も見当たらず、昼間に公園を利用するホームレスなどはいるものの、さすがにこの季節になると、そこで夜を明かす者はいないということだった。

また公園自体は人通りのある道に面しているものの、マル害が倒れていたのは植え込みの手前、通りからは死角になる上、街灯の明かりも当たらない暗い場所だったという。発見が朝になったのは、そういった現場条件が重なってのものと見られた。

報告は地取りから、家宅捜索に移っていった。

「マル害宅は、六畳ひと間に、トイレ付きユニットバス、ミニキッチン……この年代の一人暮らしの女性としては、質素な部類に入ると思います」

この報告をしたのが、のちに部下となる菊田巡査部長だった。だが彼に対しても、このときはなんの感情も抱かなかったように記憶している。

家宅捜索での押収品目は、主に次のようであった。

手帳、銀行通帳、各種カード類、ノートパソコン、ビデオテープ、書籍、洗濯籠の衣類、毛髪、ヘアブラシや歯ブラシなどの生活用具。

室内からはいくつか、男性のものと思われる指紋も検出されていた。これは、女性事務員たちの証言と繋がる線である。

「では、勤め先担当。入江主任から」

「はい」

ようやく、ワダ電設での聞き込みに順番が回ってきた。

「……ええ、杉本香苗は、高卒でワダ電設に入社。以来二十四年、同社に勤務していました。勤務状態もよく、年に二、三回は病気を理由に休むことはあったものの、無断欠勤などはここ数年なく、仕事面では、特に経理に関しては彼女が中心になり、取り仕切っていたということです。給与は月額、税込みで三十二万円。特定の男性と付き合っていた様子はなく、また酒をたしなむ他は、これといった趣味もなかったふうのマル害は、相当な額を貯金していただろうと、複数の関係者から証言を得ています。この金の使い道については、別の組から報告します」

入江がこっちの席を見る。即座に高野が立ち上がる。

「はい。私が、事情聴取をしましたのは、伊藤静江、中村知子、武田由貴という、三名の女性事務員です。彼女らによりますと、杉本香苗は……」

さも自分一人で調べたかのような口調。しかも悔しいことに、彼女の報告に対する周りの反応はすこぶるいい。香苗が借金の形に、相手男性に肉体関係を強要した話に至ると、そういった男性の怨恨を疑う声もちらほら聞こえ始めた。

さらに、所持品担当の捜査員が興味深い報告をあげた。

「マル害は、いくつかのプリペイド携帯を使い分けていたようです。電話会社に確認したところ、杉本香苗名義で契約されていたのは全部で六台。一応確認しますが、マル害宅からプリペイド式の携帯電話は、押収されていませんね？」

一台もなかった、と担当捜査員が答える。

「……ということは、これは金の貸借関係、あるいはそれが高じて肉体関係に至った男たちとの連絡用に、香苗自身が契約、彼らに貸与していたのではないかと考えることができます。そして、香苗が死亡時所持していた携帯電話に、最後にかかってきたのが、まさにその六台の内の一台の番号でした。香苗は自ら契約し、貸与した携帯電話で呼び出され、現場となった児童公園に向かい、そこで、殺害された」

「異議あり」

前の方の誰かが声をあげた。

「番号がそれだからといって、即座に呼び出されて殺されたと考えるのは早計だ。携帯を渡されたのが肉体関係を結んだ男とする根拠も、現段階では何もない」

報告途中だった捜査員が、物凄い形相で前方を睨む。だが会議が荒れるのを嫌ったか、今泉が割って入った。

「確かに、現段階でその通話相手をマル容（容疑者）と見るのは早計だが、なんらかの事情を知っているものと考えることに無理はない。……明日以降、その携帯を現在所持している六人を、徹底的に洗い出すこととする。電話会社にも、積極的に協力するよう働きかけてくれ」

さらに何名かが報告し、最後に全員が自己紹介をして、初回の会議は終了した。

初日の結果を受け、二日目からは人員の割り振りが大幅に変更された。

主に目撃者を捜すための地取りは、かなり削減されて五組十人。代わりに多くなったのが、香苗の手帳に名前が記載されていた男性関係者への聞き込み、十一組二十二人。玲子たちもここに組み込まれた。あとは、靴のメーカーや販売店を割り出す組が三組六人。電話会社で関係書類を当たる組がふた組四人。香苗の過去を洗うため、静岡県島田市に向かったのがひと組二人——。

捜査五日目になり、初めて香苗に携帯を渡された男が一人、判明した。田口俊一《たぐちしゅんいち》、三十三歳。ワダ電設に出入りしているメーカーの営業マンだった。玲子自身は見ていないが、わりと美男子だと捜査員の誰かはいっていた。

そうなると続く者も出てくるものである。七日目に二人目、八日目に三人目、十二日目には四人目が判明した。

だが、ここまでの四人は誰もが犯行当夜のアリバイを有しており、また番号もそれぞれ、犯行直前にかけてきたものとは違っていたため、ホシではないとの見方がなされた。

残りの所持者は、二人——。

捜査本部は電話会社の協力を得、微弱電波を追って犯人の居場所を割り出そうと試みた。だが、どうも二人とも電源を切っているらしく、かけても通じないし、微弱電波も一切拾うことができなかった。

そんな頃になって、ワダ電設のある男性社員が、携帯を貸与されていたことを白状した。取り付け作業員、斉藤雅治《さいとうまさはる》、三十四歳。香苗の手帳に名前があり、事件直後から彼女に借金があったことを認めていた男だ。なかなかの美男子であったため、担当捜査員が怪しいと睨み、執拗に追及した末に引き出した供述だった。

だがこの斉藤の携帯も犯行当夜、香苗にかけてきた番号とは違っていた。斉藤は、携帯をもらった者が疑われていると知り、とりあえず電源を切っていたと供述した。さらに、近いうちにどこかで処分しようと思ってはいたが、いつどこで刑事が見ているか分からないので、なかなか処分できずにいたのだという。

残る所持者は、一人。

しかし、香苗の手帳に記されていた名前の男性は、この時点でほぼ当たり尽くされていた。プリペイド携帯を受けとった男はおらず、アリバイやその他の点で、被疑者と見られるような者も浮かんではこない。

玲子自身も、少しずつ焦りを感じ始めていた。

このまま周りの捜査員と同じことをしていては、目立つ手柄は挙げられそうにない。特に今回相方となった高野は、会議でなかなか玲子に発言の機会を与えようとしない。かといって今の玲子の立場で、自分から彼女とのペア解消を申し出ることはできない。高野と一緒では、自分は大した手柄を挙げられそうにないから――。そんな理由はまず通らないし、逆にそれをいった途端、お前のような捜査員は必要ないと、碑文谷に返品される可能性すらある。

所轄捜査員にとって、捜査本部への参加は警視庁本部に取り立ててもらうまたとないチャンスである。ここで一課幹部の目に留まるような働きを見せることが、何よりの早道なのだ。

なんとか、このチャンスをものにしたい。何か、自分一人でできることはないか。高野に邪魔されない、一人でできること。事件解決に繋がるような、かつ手柄の所在が明確に示せるような金の鉱脈。携帯電話の最後の持ち主を割り出せる、決定的な証拠を抱えたまま、手つかずで残っている、何か——。

そんなふうに辺りを見回していたら、あるものに目が留まった。

講堂上座に据えられたデスクの脇、部屋の角に設置された資料コーナー。そこに置かれたままになっている、白いノートパソコン。あれは、香苗の部屋から押収されたものだ。そういえば、あれを調べて何か出てきたという報告は、まだどこからもあがってきていない。

玲子は十三日目の会議が終わると同時に、上座に突進していった。捜査本部の実質的トップ、捜査一課十係長の今泉警部を捕まえるのだ。

「すみませんッ」

デスクを去ろうとしていた彼は、驚いた顔をして玲子を見た。

「碑文谷署の姫川巡査部長です。一つ、警部にお訊きしたいことがあるのですがよろしいですか」

味付け海苔のように濃い眉が、ぎゅっと中央にすぼめられる。

「なんだ。会議は終わったぞ」

「はい。ですが、いま思いついたのです。お願いします」

しばし、今泉は射抜くような視線をもって玲子を見た。

あえて目を逸《そ》らさず、玲子はそれを正面から受け止めた。

色の薄い、乾いた唇がおもむろに開かれる。

「……なんだ。いってみろ」

「はい」

ほっ、と心の中で息をつく。

「そこにある、押収品のノートパソコンですが、あの中身は、誰かが調べたのでしょうか」

眉間《みけん》の力はこもったままだ。

「中にあったメールや文書については、ここの強行犯係長が打ち出し、彼と私で目を通した。特に、目ぼしい内容は見当たらなかったため、報告はしなかった」

「アドレス帳などはありませんでしたか」

「手帳の他にか」

「はい。たとえば、年賀状などを印刷する際のデータベースになる、ファイル形式のアドレス帳です」

「そういったものはなかった」

「では、インターネットの閲覧履歴はお調べになりましたか」

今泉の視線、表情に動きはない。

「……一応調べたはずだが、本件に関係するような履歴は見当たらなかったと聞いている」

玲子はぐっと奥歯を嚙み、唾を飲み込んでから切り出した。

「……ではそれを、改めて私に、やらせてはいただけないでしょうか」

微《かす》かに唇が尖る。

「あの手のものが、得意なのか」

年配者の多い刑事畑では、ああいったものを不得意とする者がいまだに多い。それを調べた強行犯係長というのも、もう五十近い警部補だったはず。通り一遍のおざなりな仕事だった可能性は高い。

「はい。得意です」

得意かどうかはあくまで自己申告だ。そうと言い張って何も出なかったところで、責任問題に発展するものでもない。

「……よし。じゃあ、それについては任せる。ちなみに、いま組んでいるのは誰だ」

「品川署の高野巡査部長です」

「組み替えは必要か」

どうだろう。

下手にペアを動かすと、周りに何をやっているのか悟られる可能性がある。多少は無理をしてでも、このネタの調べは秘密裏に行った方がいいかもしれない。

「……いえ。今の割り当てのままでけっこうです。それとは別にやりますので、組み替えの必要はありません」

今泉の目が、一瞬、細められた。

「いいだろう。指紋の採取はすんでいる。持っていって好きに調べてみろ。持ち出しの手続きはこっちでしておく」

玲子は小さく頭を下げ、礼をいった。

だが振り返り、遠くから高野がこっちを見ていたのに気づいたので、そのときはパソコンには触れず、いったん講堂を出てトイレにいった。

大方の捜査員が去った夜中になって、玲子は講堂からパソコンを持ち出した。それを今度は一階の警務課に持ち込み、ＬＡＮ回線を借りて繋ぐ。これで、インターネットへのアクセスは自由になる。

これから、杉本香苗が生前に見ていたインターネットサイトを、一つひとつ順番に見ていく。記録が残っているのは三十日分。だがすでに、香苗が殺されてから十四日が経っている。つまり、記録は実質十六日分ということになる。果たしてそれらの中に、有益な情報は残っているだろうか。

実に長く、地味な作業になった。

一つずつ、履歴に残っているホームページアドレスをクリックし、その内容を読む。香苗は、ファッションにもショッピングにも、映画にも音楽にも書籍にも株にも不動産にも、ひと通り興味を持っていたようである。

ただ、それらすべてを必ず毎日見るというわけではなく、何日かに一回しか見ないページもあれば、その一回だけしか見なかったページも多数存在した。そんな中で、玲子がこれはと睨んだのは、「Ｂちゃんねる」という極めて有名な掲示板サイトだった。

社会、学問、暮らしに趣味、文化、芸能や放送、コンピュータなど、人が興味を持つであろうほとんどのジャンルが網羅されており、掲示板本体は、さらにそれを細分化した小ジャンルごとに設けられている。実際の書き込みは、さらにその下に属する「スレッド」と呼ばれるテーマごとの書き込み欄において行われる。

たとえば、「芸能」の中の「女性アイドル」掲示板に「○○の整形疑惑について語ろう」というスレッドがあれば、利用者は○○というアイドルが整形しているのかどうか、しているのならばどこか、さらにはいつ頃からその鼻は変わったのか、目はどうか、胸はどうか、といった具合に、各々が好き勝手に見解を書き連ねていくわけだ。

香苗は毎日、必ずこのサイトにアクセスしていた。しかも「女性限定」掲示板の、「職場のあいつをイジメるスレ」の常連だったようである。

最初は、どの書き込みが香苗のものなのか、それすらもよく分からなかった。だが、香苗のアクセスするタイミングと、書き込みの下に表示されるプロキシサーバなどの情報を丹念に見比べていくと、ある程度、これが香苗ではないかと思われる書き込みを絞り込むことができた。

さらにその過去スレッドを追っていくと、香苗がいつ頃からこの掲示板を利用するようになり、いつ何をして、何を面白がり、何に怒り、誰を陥《おとしい》れようとしていたのかまで分かってきた。

　むろん、会社名や個人名までは挙げていない。だが、知った者ならば「W社」は「ワダ電設株式会社」と読むことができるし、「ブタ女」と書かれているのが誰なのかも、玲子にはおおよそ察することができた。

　翌朝、玲子はワダ電設の、ある女子社員に対し再度事情聴取をさせてくれるよう、今泉に申し込んだ。むろん、その彼女が虐《いじ》めを受けていたからといって、即香苗を殺害したことにはならない。だが、もしそうであるならば、辻褄《つじつま》の合うことも出てくるのだ。

「まずプリペイド携帯ですが、あれは保険証さえ持っていけば、本人でなくとも契約できるものです。仮に、会社で保険証の確認を必要とするようなことがあって、香苗がそれを引き出しにしまう場面を見ていたりすれば、一時的に持ち出して、香苗であるように偽って契約することは可能です。引き出しでなければ、更衣室のロッカーでもいいです。その方が、むしろ同じ女子社員にはやりやすかったかもしれない。むろんそれは、香苗が気に入った男にプリペイド携帯を渡すことを、知っている者の犯行ともいえるでしょう」

　今泉は目つきを厳しくしたが、玲子の話を遮《さえぎ》ろうとはしなかった。

「ですから、現在所持者が判明していない、六台目の契約書を調べてみる必要があると思います。……筆跡、原本が保存されているのなら指紋も。おそらく、六台目の契約書に香苗の指紋はないはずです。代わりに別人の指紋があり、筆跡も違っているものと思われます。店員のいる前で、別人が香苗の筆跡で書くことは不可能ですから」

低い唸り声。今泉は人差し指を立て、眉頭を掻いた。

「……姫川巡査部長。その、契約書を改めて精査するのはいいだろう。早速今日、何組かを電話会社にいかせるとしよう。だが、その女子社員が〝ブタ女〟であるという根拠はなんだ。もしそうであったとして、任意の事情聴取で、君は彼女から何か引き出す自信があるのか」

自信とは、あるかないかのものではない。あくまでも、持つか持たないかの問題だ。

「このネタには自信を持っています。むろん任意ですので、ぶつけるネタも間接的なものにはなりますが、それでも、落とすことは充分可能と考えます」

今泉は静かに立ち、講堂下座にいる高野を呼びつけた。

今日はワダ電設にいって、もう一度事情聴取をしてくれ。ただし今回は、姫川デカ長主導でやってくれ。

そう聞いた高野は、はいと返しながら、固く口を結んだ。

ワダ電設近くの喫茶店に、彼女を呼び出した。事務服姿の彼女は前回と変わらない、暗く沈んだ様子で店に入ってきた。

「お忙しいところ、お呼び立てして申し訳ありません」

そういうと、彼女もゆるく頭を下げる。具体的な質問がなければ、この女は、自分からは何も喋らないのだろう。だがそれでもいい。玲子はいうだけいって、その反応を見ようと考えた。

「……実は、亡くなられた杉本香苗さんの、パソコン上の記録を調べていたらですね、彼女が、社内のある女性に対して、執拗な嫌がらせを繰り返していたのではないか、と思われる文書が、出てきたのです」

はっとしたように黒目が動く。だがそれも、すぐ思い直したように伏せられる。

「その、嫌がらせを受けていた女性は、大事なFAXの返信をわざと隠されたり、人のミスの濡れ衣を着せられたり、してたみたいなんです。他にも色々……給湯室にあるマグカップの内側に洗剤を塗られたり、お昼休みに使う歯ブラシを、洗面所の排水口の掃除に使われて、真っ黒に汚されたり。トイレのコーナーから使用済みの生理用品を持ってこられて、包装紙はビニールだから分別してくれなきゃ困るわよ……と、男子社員の前で机に叩きつけられたり。ロッカーに生ゴミ捨てられたり。ほんと、毎日色々やられてたみたいなの」

寒気を堪《こら》えるように、彼女の首が、肩が、断続的に震える。

「その彼女ね、文書の中では〝ブタ女〟って、書かれてたのね……武田さん」

彼女は、再び息を呑むようにして目を上げた。

「それね……まあ、文書って、今まではいってたけど、要するにそれ、インターネットの、掲示板に載ってたものなのね。杉本さん、そのことをネットに晒《さら》して、みんなで笑いものにしてたの……ひどいよね。あたしだったら、そんなことされたら……もしかしたら、殺したくなっちゃうかもしれない」

隣の高野が、物凄い目つきで玲子を睨む。だが、かまうことはない。相手が人殺しだろうが、一人の人間として共有できる感情を探し、それをぶつける。それが、コロシの調べの基本だ。盗犯畑の人間には分かるまい。

「間違ってたらごめんなさい。でも、あたしね、その〝ブタ女〟って、実は武田さんなんじゃないかって、思ったの。だって、ワダ電設の女性社員に、当の杉本さん以上に太ってる人なんていないし、だったら〝ブタ〟って言葉自体、そういう容姿に対する蔑視の表現じゃないんじゃないかって、思ったの。……つまり、読み方。〝武田〟を、音読みして〝ブタ〟。そういうことかなって、ちょっと、思ったの。違う？」

小刻みな震えが、顎にまで伝染し始める。

「杉本さんから、そういう嫌がらせ……受けなかった？」

カク、っと小さく頭が落ちる。肯定か否定かは判然としない。

「嫌がらせ、受けてたの？」

今度は、はっきりと頷いた。その拍子に、テーブルに雫が落ち、ヒトデの形に弾《はじ》ける。

「……殺すしかないって、思っちゃった？」

表情が、苦しげに歪む。ゆっくりと顔を伏せる。

「でも、それが正しい解決方法じゃないっていうのは、分かってたんだよね。だから、プリペイド携帯なんか、わざわざ使って工作したんだもんね」

だが、ふいに彼女は顔を上げ、玲子を睨みつけた。

初めて見る、武田由貴の強い表情だった。

「……確かに、私は、杉本さんを、殺しました……けど、間違ってたとは、思ってません。後悔も、してません」

しばし、睨み合う恰好になった。

任意の聴取としては、これ以上はない結果が引き出せた。

しかし、どうも玲子は、事件を解決に導いたという、実感を得られずにいた。

武田由貴は、のちに犯行を全面自供。プリペイド携帯の契約書からは彼女の指紋が検出され、家宅捜索の結果、凶器となった果物ナイフと携帯の現物も押収された。

ふた月後、彼女の第一回公判が開かれた。

弁護側は無罪を主張せず、彼女が犯行に至るまでの経緯と、被害者女性との関係に論点を絞るという、あからさまな情状酌量狙いの戦法をとった。

また検察側は、犯行の動機には一定の理解を示しつつも、プリペイド携帯を使った隠蔽工作や、わざわざ大きなサイズのスニーカーを購入してまで、犯人が男性であるよう見せかけようとした事実を挙げ、犯行が悪質かつ計画的なものであった点を主張した。

七ヶ月後に言い渡された一審判決は、検察側の求刑十二年を大幅に下回る、懲役七年二月の実刑判決であった。

確かに悪質かつ計画的な犯行だが、動機には情状を酌量する余地があり、また状況から再犯の可能性は低いと考えられる、と、裁判長は量刑の根拠を示した。弁護側も検察側もこれを控訴せず、そのまま結審。武田由貴の懲役刑が確定した。

あれから、四年が経った。

玲子にとって武田由貴の事件は、今泉との出会いというターニングポイントにはなったものの、それ以外は正直、さして強く印象に残るものではなかった。だから手紙の差出人を見ても、すぐにはそれが誰だか思い当たらなかった。

《その節は、大変失礼をいたしました。》

その書き出しで始まる文面は、とても「殺したことを後悔はしていない」とうそぶいた女の言葉とは思えないものだった。加えて最後には、《お会いしてお詫びを申し上げたい》とまで書き添えてある。

玲子はさしたる根拠もなく、これを真実の言葉と読みとった。

だからこそ、会いにいった。

待ち合わせは銀座のカフェ。彼女はグレーのスーツを着ており、ついこの前まで刑務所にいたとは思えない、潑剌《はつらつ》とした雰囲気をまとっていた。

「お久しぶりです」

声も、当時とは別人のように明るく、張りがある。

玲子はその感想を、隠すことなくぶつけてみた。

「なんか、びっくりしちゃった。まるで、生まれ変わったみたい。なんていうか……嬉しいような、不思議なような」

由貴は頷き、その節はご迷惑をおかけしました、申し訳ありませんでした、と頭を下げた。

「私、あれからずっと、気になってたんです。私、姫川さんに訊かれましたよね。本当は、それが正しい解決方法じゃないってこと、分かってるのよね、って……せっかく、あんなふうにいってもらったのに、私、間違ってないとか、後悔してないとか、偉そうにいってしまって……それがずっと、胸に、棘が刺さったみたいに、残ってたんです」

確かに、そんなことをいった覚えも、聞いた覚えもある。だがそれを、由貴が気にしていたとは意外だった。しかも、四年もの間、ずっと。

「ありがとう。そんなふうに覚えててくれたなんて、なんか、すごく嬉しい。でも……返す刀で、こんなこと訊くの、ほんと、気を悪くしないでほしいんだけど……その、どうしてあなたは、そんなふうに思えるようになったの？　何か、きっかけでもあった？」

受刑者の中には、刑務所内でキリスト教の洗礼を受け、人が変わったようになる者もいるという。玲子に思いつくのは、せいぜいそんな程度だった。

由貴は頷き、紅茶をひと口含んでから始めた。

「……私、警察でも裁判でも、いわなかったことがあるんです。確かに、杉本さんに虐めを受けたというのは、動機の大部分を占めるものではありました。たぶん私も、当時はそれが一番大きいと思っていたと、思うんです。でも……具体的な動機って、アレだったたのかなって、あとから思うものがあって」

真剣な眼差しや表情。その中にも、どことなく優しげな何かがある。玲子は自然と、彼女の言葉に引き込まれていく自分を感じていた。

「……実は私、杉本さんと、社長が立ち話してるのを、聞いちゃったんです。杉本さん、私のこと気に入らないから、クビにしてくれって、社長にいってて……そのときは社長も、渋々、承諾するような口調でした。それで私、ああ、クビになるんだって思って、すごく、怖くなって……」

ワダ電設の、給湯室の壁に身を隠す由貴の姿を思い描く。向こうにいる香苗の顔は実に醜く、社長の顔はなんとも情けないものにならざるを得ない。

「それから、なんです……杉本さんがいたら、私、この職を失うかもっていう、強迫観念に駆られるようになったのは。私、両親を早くに亡くして、高校までは親戚のお世話になって。それだから、一日も早く独立しなきゃっていう思いが、強くあって。それで、高卒でワダ電設に就職して」

静かに、ひと息吐く。

「……たぶん私にとって、あの職場って、たった一つの居場所だったんです。正直、要領が悪いのも、どん臭いのも事実ですから、少々嫌がらせを受けたとしても、あの職場から出ようとは、思いませんでした。これやっといて、これお願いね、って、仕事が回ってくる、それだけで、私は必要とされてるんだ、ここにいる意味があるんだって、実感できてたんです。でも、それまでも杉本さんは、奪おうとした。これで私は、誰からも必要とされなくなる、どこにも居場所がなくなる、そう思ってしまった……たぶんそれが、最大の動機だったと思うんです」

職場に固執する気持ち。それは、玲子にもよく分かる。

「だからって、あんなことをする理由にはなりませんけど、でも、当時の私には、ああいう方法しか思いつかなかった……姫川さんに訊かれたときも、裁判を受けているときも、服役してからしばらくの間も、その気持ちに変わりはありませんでした。でも……ある日、社長から、お手紙をいただいたんです」

手紙、社長——？

玲子が小首を傾げると、彼女に頷いて続けた。

「……職場でのあなたの立場を、守ろうとしなかった私を、赦《ゆる》してほしい……手紙の最初には、そう書かれていました。それと、仮出所に必要なら、身元引受人になる、職場にも戻ってきてほしい……とも。それを読んだとき、私、涙が止まらなくなって……初めて、大変なことをしてしまったんだって、実感したんです」

悲しい行き違い——。

だが、語る由貴の視線は、あくまでも穏やかで、優しげだ。

「……上手く説明できないんですけど、それで初めて、私は自分の過ちと、誤りでなかったことの、区別がつくようになった気がするんです。だから……姫川さんにも、お詫びしなくちゃって、思って……」

玲子が「そう」と呟くと、彼女は安堵したように頷いた。

「じゃあ、今は、またワダ電設に？」

だが、それにはかぶりを振る。

「いえ。そこまで甘えちゃいけない気がしたので、社長には、身元引受人だけ、お願いして。服役中に、介護士の免許を取得したので、今はヘルパーの仕事をしています。まあ、その会社も、社長に紹介していただいたんですけど」

そのあと、もう少しだけ近況を聞き、店を出た。

二人で表通りを歩いたが、風は意外なほど、あたたかだった。

もうすぐ、春ですね——。

最後に由貴はそう呟き、ここで失礼しますと、玲子に頭を下げた。

「……へえ。そんなことで、受刑者って変われるんですかねぇ」

ひと通り話を聞き終わった湯田は口を尖らせ、斜めに首を傾げた。

「うん。あたしも、ちょっとびっくりした。でもね、あたし、この順番って、大切だなって思ったの」

「順番？」

「そう、順番。……普通、罪を犯して罰を受けたら、赦される。だから刑務所から出られて、再び社会生活を営める……じゃない？　でも彼女の場合、罪を犯し、服役したけれども、まだその時点では、罰を受け入れていなかった。自分の過ちを認めないまま、刑期さえ過ぎればいいと考えていた。でも、そこに社長からの手紙が届いた。彼女の心に……とかいったらクサイかもしんないけど、でもそれがきっかけで、本当に罰を受け入れて、罪を償う気になれた」

湯田は、まだ分からないというように首を傾げている。

「つまりね、罪を犯した人間は、まず赦されて、その赦しを感じることができて初めて、罰を受け入れることができるんじゃないかな、って思ったの。……もちろん、理想論よ。そうじゃない場合の方が圧倒的に多いと思う。でもそういう人は、罰を受けたんだから、自分は赦されてしかるべきだ、って感覚が、どうしても拭えないんだと思う。罰を、受け流して終わりにしてしまう、っていうか。だから、再犯の可能性が残る……でも彼女は、そうじゃなかった。自分は赦される。受け入れてくれる社会がある。人がいる。そう実感できたから、罰を心で受け止めて、罪を償う気になれたんじゃないかな」

なんか、キリスト教じみてますね、と湯田は漏らした。

「そう、そうなの。あたし自身は、宗教なんてちっとも興味ないんだけど、でも、そういうことってあるなって……うん。ちょっと、納得できた気がする。どう？」

湯田は、まだ分からないといった。でも、玲子はそれでもいいと思った。きっと彼にも分かる日がくる。こういうことは、頭では分かっても、心に響かないのはよくあることだ。自分はそれを感じとることができた。武田由貴の、あの、春の木漏れ日のように穏やかな笑みから、汲むことができた。それを今は、感謝にも近い気持ちで、胸にしまっておきたいと思う。

とそこに、いっとき席をはずしていた今泉が戻ってきた。

「おい、多摩にコロシで帳場を立てるぞ。全員準備して、早速向かってくれ」

班員が一斉に立ち上がり、はい、と切れのいい声をあげる。

玲子は一人、肩をすくめて苦笑いしてしまった。

今度のホシがどんな人間かは分からない。こんなホンワカした気分じゃ、マズいじゃないか——。

すかさず、今泉に睨まれる。

「どうした姫川。立てないのか」

「またそんな……大丈夫ですよ。いってきます」

この程度の腰痛なら、動いているうちに治るだろう。

何せ、春はもうすぐそこまで、きているのだから。

解説

友清《ともきよ》 哲《さとし》
（フリーライター／編集者）

文章の読みやすさを意味する「リーダビリティ」という言葉があります。小説においては単なる構文の可読性だけでなく、その物語が持っている推進力、つまり読み手の心をぐいぐいと牽引《けんいん》する力を指すものと僕は解釈しています。

おそらくは作家の肩書きを持つ人の大半が、いかに読み手の関心を引き、いかに飽きさせずにページを繰らせるかという命題と日々対峙《たいじ》し、試行錯誤されているに違いありません。

しかし、リーダビリティを司《つかさど》る要因はひとつではないのでしょうし、読み手にも様々なタイプが存在する以上、唯一無二の回答は存在し得ないはず。言ってみれば、書き手一人ひとりに委ねられた〝魔法〟の領域。だからこそ、誉田作品――とりわけ姫川《ひめかわ》シリーズの支持層の広さにたびたび驚かされます。

シリーズの幕開きとなった『ストロベリーナイト』は、今から二年半ほど前に文庫化されるやいなや、爆発的な人気を呼びました。書店の店頭でポップに彩られながら大量に陳列される光景、見覚えのある人も多いでしょう。

僕自身、周囲の友人知人らとこの作品について随分語り合ったものですが、まず実感させられたのは、〝普段はミステリーをあまり読まない人にも読まれているな〟ということでした。従来のミステリーファンがこの作品に注目するのは理解の範疇《はんちゅう》ですが、喫茶店で見かけた大学生、行きつけの雀荘によく来ている太ったオッサン、合コンで出会った婚活中の女子、還暦を迎えたうちの母……などなど、時間が経つに連れて『ストロベリーナイト』を語る人に出くわす機会が増し、「この伝染力は何だ!?」と驚きを深めたものです。

さらに興味深いのは、その多くが「最後までイッキ読みだった」「エグい描写も結構あるけど、途中で止められない！」と、作品が持つ〝読ませる力〟に感嘆していたこと。あっという間に人気作家のポジションへ駆け上がった誉田氏の魔法の正体のひとつが、リーダビリティにあることは疑いようがないでしょう。

今日ではすっかり誉田哲也氏の代表作として認知される姫川シリーズ。今さら説明するまでもありませんが、主人公の姫川玲子《れいこ》は、警視庁捜査一課に属する警部補です。

警察小説は、エンターテインメントの中でもとりわけ成熟したジャンルであり、刑事や警察官を主役に据えた傑作は、前世紀から数多く発表されてきました。

そもそもは正義が悪を引っ捕らえるという、わかりやすい勧善懲悪を原点としたジャンルですが、多くの書き手が競うようにしてアイデアを凝らし続けた結果、現在では必ずしも犯罪捜査を取り上げた形ばかりでなく、鑑識や署の管理部門、はたまた警察犬にモチーフを求めた作品などが登場し、人気を博しています。

その意味では、秀でた捜査能力を持つ女刑事が難事件を解決する姫川シリーズは、比較的オーソドックスなスタイルで紡がれた作品と言えます。言い換えれば、設定の奇抜さで魅せるのではなく、王道路線を踏襲しながら、圧倒的なリーダビリティによって老若男女を虜《とりこ》にしてきたこのシリーズ。

では、突出したリーダビリティを演出するために、誉田氏は一体どのようなテクニックを用いているのか？　一度だけ、そんな疑問を誉田氏本人に直接ぶつける機会に恵まれました。

誉田氏の回答は実に明快で、要約すると主に、「比喩表現に凝り過ぎないこと」「ひとつひとつの文章を短めにすること」「キャラクターの緊迫感や焦りを、そのままのスピードで伝える配慮をすること」という三点をご解説いただきました。

その上で、誉田氏の口から飛び出した次のセリフを、僕は今でも忘れることができないのです。

「――語弊があるかもしれませんが、僕は毎回、〝最高の一作〟を書こうとは思っていないんですよ」

これまでインタビュアーとしてそれなりの場数を経験してきたつもりですが、これほど端的に心に響いたコメントはそうありません。

意図を補足するなら、すべての作品においてベストを尽くすことは大前提。ただし、全打席で満塁ホームランを狙うのではなく、いかなるコンディションであっても常に安打を打てる書き手でありたいという気持ちを、キャッチーに言い表した言葉でした。

書き手のスピードは読み手にも伝わるもの。誉田作品の軽快なスピード感は、フルスウィングを意識しないスタンスの賜物《たまもの》であったわけです。

テンポ良く進む対話の中での突然のこのひと言に、僕はますます誉田作品、そして誉田哲也自身の虜となってしまったように感じています。いわば、魔法にかけられた瞬間だったかもしれません。

さて、すっかり前置きが長くなってしまいましたが、今回の『シンメトリー』はシリーズ初の短編集です。

すでに文庫化済みの長編『ストロベリーナイト』『ソウルケイジ』では、時に目を背けたくなるような凄惨な描写や、胸に染み入るような悲哀のエピソードを交えつつ、スピード感豊かなエンターテインメントが展開されてきました。そこには間違いなく、起伏に富んだ犯罪捜査の深遠に踏み込んでいく快感がありますが、七つのネタが次々に繰り出される連作短編形式の姫川ワールドもいいものですね。いくつか、あえて掲載順序を無視してピックアップしてみましょう。

援交女子高生の取り調べで、姫川の〝S〟っぷりが存分に発揮された「右では殴らない」。

超能力者と噂される被害者を殺《あや》めた犯人を追う、ちょっとオカルティックな余韻を残す「左だけ見た場合」。

前科ある二人の不審死の陰に、一人の元刑事の存在を姫川が嗅ぎ取った「過ぎた正義」。

同棲相手の死亡を通報すると同時に姿を消した、ホステスの行動の真相を突き止める「悪しき実」。

ここであらためて本書の目次に立ち返ってもらえれば、所収された七作品の並びとタイトルがしっかりシンメトリーしているギミックに気が付くことでしょう。

そして中央に据えられたのは、表題作でもある「シンメトリー」です。この作品の中には、親本でオビの惹句《じゃっく》にも採用された特筆すべきシーンがありました。

多くの死傷者を生んだ電車の脱線事故を発端《ほったん》とする、ある犯罪。その犯人と思《おぼ》しき人物を、夜闇の中で待ち構えていた姫川は、穏《おだ》やかな口調でこう言うのです。

《……私が犯人だったら、こんな夜は、現場を見たくて仕方なくなるだろうって……そう、思ったから》

——どうです、シビれるでしょう？

疾走するようなテンポで次々に物語を展開させつつ、要所にぐっさりと心に突き刺さる展開やフレーズが配置されている。これこそ、姫川シリーズの真骨頂。

考えてみればこれ、僕自身がすっかりヤラれてしまった、誉田氏との対話の構図そのものでもあります。

つまりは、これこそ誉田氏一流のコミュニケーション術なのかもしれません。

姫川シリーズはいつだって、事件の発生や捜査の推移、そして姫川を中心とするキャラクターたちのやり取りを、スイスイと読ませてくれます。そうして物語の世界にどっぷりと埋没していく中で、突如、読み手の心を鷲摑《わしづか》みにする。

文学的な価値観に凝るよりも、読者とのコミュニケーションを楽しむかのように筆をふるう誉田氏。現在の人気ぶりを見れば、圧倒的なエンターテインメント性をもって読者を制圧する手法は成功していると言えるでしょう。

今回もまた、七つの事件を介して持ち前のリーダビリティを遺憾《いかん》なく発揮した誉田氏。エピソードごとに鏤《ちりば》められた、姫川玲子の様々な横顔に触れるのも、フリークにはたまらない愉しみとなるはず。

そして、姫川班の活躍は今後もまだまだ続きます。

すでにリリースされているシリーズ第四弾『インビジブルレイン』、そして発売間近の最新刊『感染遊戯』。とりわけ後者はスピンアウト作品を集めた中編集で、ガンテツこと勝俣《かつまた》警部補や、本書にも登場する倉田修二《くらたしゅうじ》元警部補らに視点を置いたエピソードが展開される、ファン必読の書。姫川シリーズにいっそうの奥行きを与えてくれること請け合いです。

姫川玲子の活躍がどこまで轟《とどろ》いていくのか、これからも大いに注目したいと思います。

〈初出〉

東京　「小説宝石」二〇〇六年六月号
過ぎた正義　「小説宝石」二〇〇四年一〇月号
右では殴らない　「小説宝石」二〇〇五年二月号
シンメトリー　「小説宝石」二〇〇七年一〇月号
左だけ見た場合（「左から見た場合」改題）　「小説宝石」二〇〇八年一月号
悪しき実　「小説宝石」二〇〇五年一二月号
手紙　「小説宝石」二〇〇七年二月号

二〇〇八年二月　光文社刊

光文社文庫

シンメトリー

著者　誉《ほん》田《だ》哲《てつ》也《や》

2011年2月20日　初版1刷発行
2015年11月20日　19刷発行

発行者　鈴木広和
印刷　萩原印刷
製本　ナショナル製本

発行所　株式会社　光文社
〒112-8011　東京都文京区音羽1-16-6
電話（03）5395-8149　編集部
8116　書籍販売部
8125　業務部

ISBN978-4-334-74904-0　Printed in Japan

組版　萩原印刷

お願い　光文社文庫をお読みになって、いかがでございましたか。「読後の感想」を編集部あてに、ぜひお送りください。

　このほか光文社文庫では、どんな本をお読みになりましたか。これから、どういう本をご希望ですか。

　どの本も、誤植がないようつとめていますが、もしお気づきの点がございましたら、お教えください。ご職業、ご年齢などもお書きそえいただければ幸いです。当社の規定により本来の目的以外に使用せず、大切に扱わせていただきます。

光文社文庫編集部

誉田哲也の本

好評発売中

ストロベリーナイト

〈姫川玲子シリーズ〉第一弾。
警察小説の新たな地平を拓いたベストセラー！

溜め池近くの植え込みから、ビニールシートに包まれた男の惨殺死体が発見された！　警視庁捜査一課の警部補・姫《ひめ》川《かわ》玲《れい》子《こ》は、これが単独の殺人事件で終わらないことに気づく。捜査で浮上した謎の言葉「ストロベリーナイト」が意味するものは？　クセ者揃いの刑事たちとともに悪戦苦闘の末、辿り着いたのは、あまりにも衝撃的な事実だった。超人気シリーズの第一弾！

光文社文庫

誉田哲也の本

好評発売中

大切なバンド仲間の突然の死。
少女は真相を求め、走り出す！

疾風ガール

柏木《かしわぎ》夏美《なつみ》19歳。ロックバンド「ペルソナ・パラノイア」のギタリスト。男の目を釘付けにするルックスと天才的なギターの腕前の持ち主。いよいよメジャーデビューもという矢先、敬愛するボーカルの城戸《きど》薫《かおる》が自殺してしまう。体には不審な傷。しかも、彼の名前は偽名だった。夏美は、薫の真実《ほんとう》の貌《かお》を探す旅へと走り出す——。ロック&ガーリーな青春小説の新たな傑作！